Sirius

Fátima Trigo Tejada

1ª edición: Mayo 2013

ISBN: 978-84-940555-6-0
DL: B-11507-2013

Imprimido en España

Índice

Prólogo

En la vida hay momentos en que la desesperación llega a límites en que te evades de la realidad o ésta acaba contigo.

Hace cuatro años ese límite llegó a mi vida, y decidí continuar con ella pero dejando la realidad aparcada, al menos por algunas horas. Comencé a escribir el libro que hoy termino en momentos dulces de mi vida. Comencé una historia de personajes desconocidos que me han hecho sentir y derramar alguna que otra lágrima.

Termino este libro para continuar en otro esta historia, historia que espero que os haga sentir solo la mitad que me ha hecho sentir a mí mientras la escribía. Si logro que solo una persona derrame una lágrima, se le encoja el corazón o su vello se erice mientras lee, el objetivo estará cumplido.

Este libro en parte está terminado gracias a aquellos que cada dos días me preguntaban cómo iba, aquellos que os habéis interesado por él. Gracias.

Y por último y con el permiso de mi familia, que es y será lo más importante en mi vida, este libro es para mi pitufillo que es por él que cada día, todos nos levantamos dispuestos a luchar y a sonreír.

Gracias a todos los que cada día estáis a mi lado, sujetándome en mis caídas y sonriendo con mis alegrías. Os quiero.

Fátima Trigo

Amor

¿Cuál es el momento idóneo para enamorarse?
¿Alguien sabe cuándo o cómo llega el amor?
Todo el mundo dice que llega en el momento más inesperado,
cuando menos piensas en ello.
¿Pero como no pensar,
cuando sientes soledad o deseos de compartir?

El amor es la chispa que enciende el motor,
hace que tu corazón lata más fuerte y deprisa.
Hace que tus miedos desaparezcan
con solo alzar la vista a unos ojos.

Te hace sonreír con solo una sonrisa.
Te hace estremecer con solo una caricia.
Te hace sentir la necesidad de compartir.
Te hace pensar en dos aunque solo sea uno.

El amor es una forma de vida,
en la cual lo importante es la persona que está a tu lado,
sientes la necesidad de hacerla feliz.

En el amor, dando se recibe.
El amor, se paga con amor.
Una sonrisa con otra.
Una caricia con un beso.
Una mirada con un suspiro.
La felicidad, con la vida.

Capítulo 1

Las vacaciones

Como cada año mi padre pide las vacaciones la segunda quincena de Julio, por una extraña razón él y mi madre se ponen siempre de acuerdo en el lugar de nuestras vacaciones, Zambujeira do Mar, en Portugal.

La historia es que ellos dos se escaparon a este lugar mágico situado en la parte sur de Portugal, y cuando digo "escaparon" lo digo literalmente. Sus vidas se unieron nada más conocerse. Mi padre nunca conoció a sus padres, le abandonaron nada más nacer, por algún motivo que ni él ni nosotros hemos logrado averiguar. El caso es que terminó en el orfanato donde conoció a mi madre. Ella terminó allí después de que su padre se suicidará tras perder a su esposa en el parto, mi madre no lo culpa pues cree que amaba tanto a su madre que no aguantó la pérdida, esa no es mi opinión pero ella es feliz creyendo eso y nadie le va a llevar la contraria. En el orfanato comenzaron su relación y decidieron que fuera de él serían mucho más felices.

La noche se hizo más corta de lo normal, el despertador sonó a las cinco y media de la mañana. Mi madre ya se encontraba en la puerta de mi habitación cuando sonó el estridente sonido.

- Vamos cariño, es la hora de levantarse, salimos en un ratito y aún estas acostada.

- ¡¡Jo!! Estoy muy cansada, un poco más - repliqué aún dormida.

- Vamos cariño o papá se va a impacientar y nos quedaremos aquí el resto de las vacaciones.

- Está bien ya voy.

Sin más quejas tiré las sábanas al suelo y comencé a estirar mi cuerpo como si en ello me fuera la vida. Después de crecer varios centímetros, me agache para sacar las zapatillas de debajo de mi cama y seguir hasta el baño, donde ya se encontraba el pequeñuelo medio dormido mientras mamá le peinaba. Lavé mi cara e intenté arreglar la maraña de mi pelo.

Después de mi pequeña jornada en el baño baje las escaleras hacia la cocina donde papá estaba terminando el desayuno.

- ¡Buenos días, princesita! - le había dicho a papá mil veces que con dieciséis años, eso de "princesita" estaba un poco pasado, pero él seguía a su bola - ¿Qué vas a querer para desayunar?

- La verdad que no tengo mucho apetito, tomaré un zumo de naranja.

- Está bien, luego pararemos para desayunar algo más por el camino.

Tenía esa sonrisa tan reluciente como cada año llegado el tiempo de las vacaciones. La mirada de mi madre y él llegada la temporada de Julio empezaba a cambiar, sus miradas eran mucho más cómplices de lo que ya eran a diario, cosa que parecía imposible pero la idea de marcharnos a Portugal era para ellos como la vuelta al inicio, empezar su amor, una forma de renovarlo año tras año.

El plan de marcharnos a Zambujeira do Mar no es que me disgustase, pero la verdad tampoco me importaba mucho, ya que permanecería sola como cada año, iría con mis padres de un sitio a otro y recordaríamos lo bonito y especial del lugar.

No había más, mi timidez jugaba en mi contra a la hora de hacer amigos, ni siquiera en el colegio tenía amigos, solo chicas que cuando no sabían algo de clase me preguntaban. Digamos que era el bicho raro de clase, no es que mi aspecto fuera muy desagradable a la vista pero la gente solía tomar mi timidez como estupidez. No los culpo por ello, quizás si yo fuese una de esas chicas tan simpáticas, esas que hablan por los codos con todo el mundo, también pensaría así, pensaría que mi reputación se echaría a perder si intentaba hacerme amiga de un bicho raro como yo.

Es algo que no me preocupaba o quizás algo en lo que intentaba no pensar, aunque mi madre se pasaba el día intentando hacerme entrar en razón para que buscase algún grupo de amigas con las cuales salir y divertirme, pero me sentía estúpida intentando buscar amigas, idiota cuando tenía que reírme de chistes que no entendía, con lo cual renuncié a esa idea.

Las maletas ya estaban todas dentro del coche, mi padre esperaba impacientado en la puerta de casa para salir pitando lo antes posible, nos quedaba un largo camino por recorrer. La salida de nuestra preciosa casita construida con piedras amarillentas, con sus ventanitas y con su techo picudo con cuatro vertientes, fue extraña, sentí una añoranza que no entendía, en realidad nos marchábamos para quince días, era fácil de superar.

Carennac está ubicado en uno de los márgenes del río Dordoña, en Francia. Está considerado uno de los pueblos más bellos de Francia, su población es pequeña pero su tranquilidad inmensa. Me encantaba el lugar donde vivía aunque claro, el hecho de viajar por España, donde pertenecían mis padres, era una idea que no se podía despreciar.

En nuestro viaje hasta Zambujeira siempre descansábamos en varios lugares españoles, como Molina de Aragón cuya naturaleza era digna de admiración, sus piscinas naturales con esa agua casi helada y el Parque del Alto Tajo donde siempre nos deteníamos a contemplar su belleza. Otro lugar de indiscutible belleza era Extremadura, nuestro último alto antes de llegar a Zambujeira, en ella se respiraba tranquilidad y se notaba la calidez de sus pueblos. Cáceres, la belleza de la noche en su plaza mayor, la acogida de sus habitantes y la magia de sus calles. También estaba Mérida, un lugar que te trasladaba cientos de años atrás, en el que los hombres vestían armaduras y viajaban en caballos, con su teatro donde se cuentan historias que vuelven a darle vida.

Por otro lado estaba Zambujeira do Mar, con esas playas donde podías pasar todo el día tumbada sin sentir la necesidad siquiera de alimentarte, el olor a sal, el sol calentando mi cuerpo y la pequeña brisa sobre mi piel, lo hacían el lugar perfecto donde pasar los próximos días.

Tras nuestra pequeña visita por el país de mis padres llegamos a Zambujeira donde nos aguardaban días de calor, tranquilidad, sal y amor, este último en gran dosis, al menos para mis padres.

Después de colocar toda mi ropa en el armario del hotel donde nos alojábamos cada año, me coloqué mi pequeño bikini de color verde agua con la intención de coger todo el sol para mí, de que mi piel blanquecina se volviese de un color tostado que aguantase hasta el próximo verano. Tomé mi reproductor de música, con algún repuesto para su batería y con recopilaciones de las canciones que más me gustaban, todo listo para pasar todo el día tumbada al sol.

- Mamá me marcho a la playa, volveré a la hora de comer.

- ¿Ya te vas? ¿No esperas a que bajemos contigo?

- ¡Mamá! Ya he cumplido dieciséis, ¿es que aún me vais a llevar de la mano?

- ¡No, no! Señorita mayor, ¿ha tomado la crema protectora para no achicharrarse al sol? – dijo en tono irónico.

- Llevo todo lo que voy a necesitar, además no estaré muy lejos y llevo mi móvil por si me quieres vigilar - mi tono sonó algo más enfadado de lo que esperaba, pero convincente.

- Cariño no te enfades, es solo que me preocupa que vayas sola por ahí, pero es cierto que te conoces esto como la palma de tu mano. Bueno, ten cuidado, ¿vale?

- Lo siento mamá, no me he enfadado pero es que me tratáis como si tuviese la edad de Dani y ya soy mayorcita - Dani era mi hermano pequeño, tenía tres años y a veces parecía yo quien tenía esa edad.

- Venga cariño, márchate que vas a perder las mejores horas de sol - me sonrió y me dio un beso en la frente.

- Vale mamá, nos vemos luego.

Me marché a pasos lentos, sintiéndome mal por la contestación pero es que este tema me superaba un poco, menos mal que mi madre entendía la etapa por la que estaba pasando, según ella esta etapa se llamaba "la edad del pavo" aunque yo me negaba a creer en dicha etapa.

Llegué a la playa, me quité las chanclas para notar la suave arena en mis pies, respiré ese suave aroma a sal y continué mi camino. Eran solo las diez de la mañana pero ya había zonas de la playa donde no se cabía, intenté no agobiarme y buscar un sitio con más intimidad. Me paré al llegar a una de sus calas donde solo se encontraban varias parejas, intenté no mirar mucho, no es que el estar sola fuese algo nuevo para mí pero a veces envidiaba esa complicidad que existía entre las parejas, esa compañía, el tener alguien a tu lado para compartir. Pero bueno me tranquilizaba la frase que siempre decía mi madre refiriéndose a la primera vez que vio a mi padre: "Cada alma tiene su compañera, cuando se encuentran nada más te preocupa ni te importa", aunque a día de hoy no se donde andará la mía pero bueno, al menos sé que la tengo.

Después de colocar mi esterilla y mi toalla, me quité el vestido corto que llevaba, decidida a no dejar ni gota de sol para los demás. Me dejé caer en mi toalla colocándome mis auriculares para perderme en mi música, cerré mis ojos y en cuanto empezó la música mi imaginación comenzó a volar. Me encantaba imaginar sobre las cosas que me aguardaban en la vida.

Cuando más sumida estaba en mis sueños, sentí un golpe seco en el abdomen, me levanté sobresaltada cuando empecé a escuchar las disculpas.

- Desculpe, peço inmensa desculpe, como você está?

- Bien, no se preocupe – intenté abrir mis ojos que no lograban enfocar bien por el sol – estoy bien.

- Lo siento intenté parar el balón pero vino directo.

- No se preocupe, solo me asustó – los ojos solo me dejaron ver una silueta casi perfecta, unida a una voz tan dulce como los pasteles del desayuno – de verdad no es nada.

- De todas formas acepta mis disculpas, me llamo Carlos y por favor no me hables de usted que seré poco mayor que tú – mi aspecto aparentaba algo más de edad de la que tenía – De España, ¿no?

- Bueno en realidad no, vivo en Francia pero mis padres son españoles, casi siempre utilizamos el castellano para hablar – mis ojos descubrieron un joven de piel morena con una sonrisa deslumbrante que hacían que sus ojos castaños se cerrasen levemente – Yo me llamo Estela – también sonreí aunque con una risa algo nerviosa.

- Encantado – sus amigos lo llamaban impacientemente – bueno supongo que nos veremos otro día, hasta pronto.

- Sí, hasta pronto.

No pude pronunciar más palabras, mi boca no respondía y se marchó sonriendo, supongo que de la cara de estúpida que se me quedó al ver su rostro tan perfecto.

Volví a tumbarme intentando no pensar en ello, acababa de hacer el idiota delante del chico más guapo que había visto hace mucho. El caso es que me hizo recordar las palabras de mi madre con respecto a buscar amigas, supongo que no le importaría que fuesen amigos, además el objetivo de estas vacaciones era no tener que pasear de las manos de mis padres todo el tiempo.

Después de meditar como hacer para volver a hablar con él, ya que era difícil que el balón volviese a ayudarme, decidí ponerme en pie e ir hacia donde se había marchado, en tal caso le preguntaría si necesitaban a algún jugador más, ya que el deporte siempre se me dio bastante bien. Pensé en ello casi media hora, tanto que dudé encontrarlos jugando cuando mi cerebro y mi cuerpo se conectasen para moverme. Después de un gran respiro decidí recoger mis cosas y dirigirme a dicho lugar, intentando por todos los medios que mi timidez se quedase tumbada en la arena. Volví a tomar aire y me dirigí con paso firme hacia donde se había marchado Carlos. Cuando dejé atrás la cala donde me encontraba vi al grupo de chicos y chicas, sí, chicas con unos shorts que dejaban a la vista sus esculturales cuerpos. Se estaban divirtiendo mucho y yo procuré, como de costumbre pasar desapercibida.

- ¿Ya te marchas Estela? – sonó esa voz tan dulce - ¿Estela?

- ¡¿Sí?! – Dije espantada después de no funcionar mi intento de escabullirme.

- Decía que si ya te marchabas – repitió como si no le hubiera escuchado.

- Ah, si estoy un poco cansada de estar tumbada, voy a dar un paseo.

- ¿Quieres jugar con nosotros? – preguntó amablemente.

- Creo que no, me están esperando – ¿no iba a dejar nunca de decir lo contrario de lo que pensaba? – quizás otro día.

- Está bien, nos vemos otro día – su rostro seguía tan sonriente como antes.

- De acuerdo, nos vemos – dije de la forma más amable que pude sin dejar doblarse a mis rodillas.

Cuando llegué al hotel aún estaba refunfuñando enfadada conmigo misma por no haberme quedado.

- ¿Ya has llegado cariño?

- Sí mamá, ya estoy aquí.

- ¿No quedaba sol? – dijo mi padre sonriéndome.

- Me he venido porque estaba cansada, no porque no quiera salir sin vosotros, es más, mañana he quedado con unos amigos para jugar al voley – la cara de mi madre se quedó asombrada.

- ¿Amigos? ¿Por fin me estás haciendo caso? ¿Podemos conocerlos?

- ¡Oh, no! Mamá intento hacer amigos, no espantarlos.

- Está bien, está bien, pero espero que tengas cuidado.

- Sí mamá, además es idea tuya eso de tener un grupo de amigos con quien divertirme, ¿no?

- Sí, está bien, diviértete.

Supongo que mamá creía que yo tenía ese sexto sentido para la gente como el que decía tener ella.

Después de darme un baño para quitar la arena que había quedado en mi cuerpo, salimos todos a pasear por los pequeños puestos artesanales situados en una de las calles del pueblo. Poco después fuimos a comer algo a uno de los restaurantes cerca de la playa, desde él se podía ver parte de la playa ya que estaba situado justo al lado de la carretera que bajaba hasta ella.

Antes de entrar intenté buscar al grupo de mis supuestos amigos, pero no conseguí verlos, bueno supongo que también estarían cansados de estar al sol.

Entré en el restaurante con la cabeza todavía girada hacia la playa buscándolos, cuando giré para no tropezar con las sillas casi me da un infarto, no podía creerlo. Detrás de la barra se encontraba Carlos, llevaba una camisa de lino blanca y un delantal negro, aún estaba más hermoso que cuando lo vi en la playa, su rostro se volvió una gran sonrisa cuando nos vio entrar por la puerta.

- Vamos Este deja de sujetar la puerta y vamos a sentarnos – no me di cuenta que me había quedado inmóvil sujetando la puerta.

- Sí mamá – en ese momento sentí un gran calor que subía por todo mi cuerpo hasta situarse en mis mejillas, clavé la vista en mi madre siguiendo sus pasos para no volver la vista hacia la barra.

- Hola Estela, ¿qué tal? ¿ya has descansado? - ¡Oh no! No podía ser otra vez esa voz, volvió otra ola de calor a mis mejillas, parecía que iban a arder de un momento a otro.

- Hola Carlos, si ya he descansado, ¿tú que tal?

- Bien, bien. Trabajando – comenzó a sonreír de nuevo.

- ¿Él es uno de tus nuevos amigos? – dijo mi madre sonriendo y dándome un pequeño codazo en la espalda, mientras lo miraba. Me quedé inmóvil sin poder responder.

- Supongo que sí, ¿qué tal? Soy Carlos - ¡Tierra trágame! No puedo creerlo, ¿no hay ningún otro sitio donde sirvieran comida?, ¿qué iba a pensar de mí?

- Ah, hola Carlos, nosotros somos la familia de Estela. Jorge, Daniel y Alba – dijo señalando a cada uno de los presentes – Bueno ¿nos servirás tú?

- Por supuesto, pueden sentarse en esta mesa – dijo señalando a una mesa al lado de la ventana y sin dejar de sonreír.

Tomó nota de todo lo que queríamos, aunque a mi se me había cerrado por completo el estómago, y contestó a todas las preguntas de mamá con referencia a la comida. Se marchó a la barra sin dejar de sonreír.

No volví a decir una palabra en toda la comida aunque mi madre no paraba de mirarme con esa sonrisita suspicaz en sus labios, cuando yo la miraba ella volvía su mirada a la barra.

- Ya vale mamá, se va a dar cuenta.

- ¡¿Qué?! Yo no estoy haciendo nada – como si no se hubiera dado cuenta todo el bar – bueno parece buen chico, aunque un poco mayor, ¿no?

- Es un poco mayor que yo – dije como si supiese la edad que tenía – además no importa la edad mientras tenga amigos, ¿no?

- Estela te estás portando como una niñita de cinco años – dijo mi padre a favor de mi madre – solo nos preocupa con quien vas, nada más.

- Está bien, pero dejar de agobiarme con el tema, además no creo que quedemos más – después de hoy dudo que quiera volver a verme, además no sé si podré mantener la compostura delante de él.

- ¿Por qué? ¿No te gustan tus nuevos amigos?

- No es eso mamá, pero no sé.

En ese momento apareció Carlos para ver si necesitábamos algo más. Yo agaché la mirada para no encontrarme con la suya.

- ¿Cómo va todo? ¿Necesitáis alguna cosa más?

- No gracias, la cuenta cuando puedas – contestó mi padre.

- ¿Dónde vais a salir esta noche? – Dijo mi madre como quien no quiere la cosa antes de que se marchara. No podía creerlo, de ésta no saldría.

- Pues teníamos pensado ir a la playa con unos amigos – él me miró un poco desconcertado, pero al final se dirigió a mí - También vienes tú, ¿no?

- Sí claro – contestó mi madre antes de poder abrir la boca – sin problema pero cuida de ella.

- No se preocupe la acompañaré hasta donde se alojen. Yo salgo de trabajar a las ocho, ¿te viene bien que te recoja a las ocho y media?

- No – contesté antes de que mi madre siguiera contestando por mi, su cara cambió por completo y continué – yo me paso por aquí.

- De acuerdo, como quieras.

Se dio la vuelta hacia la barra y volvió con la cuenta, sonriendo cada vez que nuestras miradas se encontraban, se despidió con un "nos vemos luego", yo asentí sin poder pronunciar palabra.

Nos levantamos y marchamos al hotel, no puede evitar dirigir mi última mirada a la barra, él estaba observándonos y me saludó con la mano, yo correspondí su gesto con otra elevación de la mano, y como no con el rosado de mis mejillas.

Mi madre no paró de cuchichear con mi padre, él no estaba muy de acuerdo con mi salida nocturna, pero mi madre como siempre logró convencerlo. Lo que ninguno de los dos sabían es que en poco tiempo estaría de vuelta, en cuanto consiguiese explicarle lo ocurrido a Carlos, intentando quedar lo menos estúpida posible.

En cuanto llegamos al hotel mi madre comenzó a dormir a Dani, sin siesta no había quien lo aguantara. Mientras lo dormía también a mi comenzaron a pesarme los párpados, decidí que lo mejor antes de enfrentarme a la situación en la que mamá me había metido, era dormir un poco.

A las seis, mamá comenzó a merodear por mi habitación haciendo ruiditos extraños con su garganta, supongo que impaciente por saber si iba a acudir a la cita o no, por supuesto al final decidí que no iba a ir.

- Cariño, ¿quieres que veamos tu ropa? – su voz sonaba inocente pero yo sabía por donde iba el tema.

- ¿Para qué? Ya la coloqué cuando llegamos y está bien.

- ¡Ya sé que está bien!, es para ver que te pones, has quedado a las ocho y media, ¿no?

- En realidad no mamá, la verdad es que creo que has quedado tú.

- No seas tonta, a él también le ha parecido buena idea y después de lo que me costó convencer a papá no vas a desperdiciar la noche. ¡Vamos! – esto iba a resultar más duro de lo que pensaba.

- Bueno mamá, iré pero no volveré tarde. Además me pondré cualquier cosa, no voy a tardar.

- ¡¿Cualquier cosa?! No puedo creerlo – me conocía mejor que nadie y se percató que mi intención era no acudir a la cita - Bueno tú sabrás, pero si no vas – hizo una pequeña pausa - puede que mañana le diga a papá que la comida de ese restaurante me gustó bastante.

- ¿No serás capaz? – esto era juego sucio.

- ¡Oh, sí! Sabes que lo haré.

- ¡Mamá! Ya vale.

- Solo quiero que te diviertas, ya sabes, salir con gente de tu edad.

- Está bien, tú ganas, pero no volveremos a ese restaurante.

- Bueno sal y diviértete, la verdad es que me ha gustado mucho la comida – cuando quería interpretaba a la perfección el papel de bruja malvada.

A los ocho decidí salir del hotel, más que nada por deshacerme de mi madre, no había decidido aún que hacer porque la verdad, no me parecía correcto ir a la cita, no después de lo que había hecho mi madre, casi obligó a Carlos a invitarme a salir.

- Definitivamente no voy – vacilé en la puerta del hotel. Daría una vuelta por las calles y volvería al hotel, así mamá no dudaría.

De pronto unas manos sujetaron mi cintura.

- ¡Qué, pensando en darme calabazas! Te he pillado – Dios mío era Carlos.

- ¡Oh! Lo cierto es que estaba dudando, después de la encerrona de mi madre no sabía si estarías allí.

- ¿Qué encerrona? Tu madre fue encantadora, además me echó un cable para invitarte a salir - ¿encantadora? ¿Pero dónde estuvo cuando mi madre hablaba? ¿Había dicho que quería invitarme a salir? – Iba camino del bar, al final terminé antes y fui a cambiarme.

- Bueno aún puedes echarte atrás – mi voz sonó muy tímidamente pero no quería que se sintiese obligado a salir conmigo.

- Deja que me lo piense por el camino – dijo con una amplia sonrisa en sus labios.

- Bueno pues vamos, avísame cuando lo hayas decidido, ¿dónde habéis quedado?

- Abajo en la playa – me miró y pronto descubrí que el vestidito que mi madre me había convencido para ponerme no era el más apropiado.

- No voy de lo más adecuado, ¿verdad?

- No, estás perfecta - ¿perfecta? ¿hablaba de mi?- Bueno, ¿bajamos?

- Sí, claro.

Sin duda esa noche fue de lo más divertida, estuvimos con sus amigos y amigas, todos eran muy agradables y encajamos a la perfección, además no se separó de mi lado ni un solo momento. Hicieron una hoguera pequeñita y todos nos sentamos alrededor de ella. No me costó nada hablar con Carlos, las conversaciones eran de lo más fluidas, parecía que mi timidez nunca había existido. Me sentía muy cómoda a su lado, aunque la verdad alguna que otra vez hizo ruborizarme con sus halagos, además no conseguía entender nada, cómo un ser tan perfecto me halagaba a mí, tan insignificante.

Casi llegada la media noche Carlos me recordó que tenía que llevarme pronto al hotel, el tiempo pasó volando. Nos incorporamos y comenzamos la vuelta, el camino fue algo más silencioso, poco antes de llegar a la puerta del hotel me preguntó si quería salir al día siguiente, y cómo no, acepté.

Después de aquella noche, nada volvería a ser igual. La soledad se iba retirando en el fondo de mi corazón para dar paso a otros sentimientos como la amistad, la confianza, complicidad, admiración, ¿amor?

Las mañanas se hacían eternas hasta llegar las tardes, en las que Carlos me esperaba apoyado en la pared del hotel, siempre me recibía con una de sus mejores sonrisas que siempre alteraba mi corazón. Después de una semana terminamos pasando solos la mayor parte del tiempo, nuestros encuentros eran de lo más tranquilos, dejando las fiestas para nuestros amigos.

Las tardes tranquilas nos servían para compartir la mayor parte de la historia de nuestras vidas, aunque de la mía había poco que contar. Carlos era algo mayor que yo, para ser exactos diez años mayor, pero su madurez se había forjado a base de malas pasadas de la vida. Desde su infancia la vida le empezó a tratar mal, a los cinco años un grave accidente de tráfico acabó con su familia. Él fue el único superviviente. Me contó que a veces se sentaba en su cama y pasaba horas y horas intentando recuperar recuerdos que se iban disipando con el paso del tiempo, se negaba a perder los pocos recuerdos que le quedan de su familia. Después de esto se fue a vivir con su abuela, el único pariente que le quedaba de su pequeña familia, sus demás abuelos fallecieron antes de nacer él y no tenía más familia. Vivió con ella hasta los dieciséis años, entonces ella enfermó y esta enfermedad pudo con su vida.

Carlos me contó que con diecisiete años se vio obligado a dejar sus estudios y ponerse a trabajar, a independizarse económicamente ya que se negaba por completo a vivir en ningún lugar que no fuese el piso que le dejó su abuela, en él estaba parte de su vida, de sus recuerdos. Desde entonces vive en Madrid trabajando en la construcción.

En Zambujeira aprovecha el mes de vacaciones que le dan en la empresa de construcción para trabajar en el restaurante. Hace años conoció a Bartolomeu, Filipe, Isaura y Valeria, se hicieron grandes amigos. Estos cuatro trabajaban en el restaurante donde le consiguieron un puesto con el fin de pasar más tiempo juntos.

La historia de su vida nos mantuvo ocupados toda la semana, ya que no me cansaba de escucharle, además ¿qué podía contar yo de mi vida? Mi vida era de lo más monótona, casa, colegio y familia. No había nada más pero aún así insistió hasta que le conté mi vida en Carennac, le conté la historia de mis padres y el porqué salieron de España, mis padres no pasaron una buena infancia que se diga, y decidieron olvidar en cierto modo sus raíces, aunque en nuestras conversaciones siempre terminaban diciendo que deseaban pasar sus últimos años en su país, donde comenzó todo. También le expliqué como era nuestra casa y el pueblo, se mostró de lo más interesado en los deportes que se practicaban en los bosques y el río Dordoña. Aún explicándole todo con detalle, mi historia no ocupó más de dos tardes, aunque él siempre me preguntaba sobre mi vida cuando contaba algo de la suya.

- Tus amigos se van a enfadar conmigo – sonreí.

- ¿Por qué deberían hacer eso? – respondió algo confuso.

- Te he acaparado toda la tarde y parte de la noche – dije tímidamente.

- Bueno, eso podrían pensar también de mi, aunque yo tengo mis motivos para acapararte toda la tarde y parte de la noche – su sonrisa se

fue ampliando hasta dejar al descubierto esos perfectos dientes blancos
– así eres solo para mí.

- Ah – fue todo lo que conseguí articular, después empecé a notar un
calor intenso que se alojaba en mis mejillas, en ese momento sus risas
fueron en aumento.

- No te vas a acostumbrar nunca, ¿no? – en ese momento mi timidez
paso a mal humor, esta costumbre de halagarme era solo para ver como
me moría de vergüenza, ¿no?

- Pues deberías dejar de hacerlo si sabes que no me voy a acostumbrar –
dije poniéndole mala cara, aunque él seguía sonriendo.

- Cuando quieras que deje de hacerlo pídelo y podremos llegar a un
acuerdo – su sonrisa se volvió más leve y clavó sus ojos en los míos, algo
me decía que no iba a ser tan fácil.

- ¿Acuerdo? ¿qué acuerdo? – pregunté desconfiada.

- Tú pídelo – repitió.

- Déjame que lo piense, no me fío mucho de esos acuerdos tuyos.

Sus risas llegaron a claras carcajadas, mi ceño comenzó a fruncirse hasta
salir arruguitas en mi frente.

- ¡Ya vale! – le dije soltando un pequeño codazo en sus costillas.

- ¡Ay! ¡Ay! – se dobló sujetando su costado, con gesto dolorido.

- ¿Estás bien? ¿te he hecho daño? – pensé que no le había dado fuerte.

- Estás encantadora cuando te preocupas por mí – se enderezó
rápidamente y volvió a sonreír.

- Déjalo ya – le respondí dando un golpecito en su brazo.

- De acuerdo – su respuesta me sorprendió tanto que mi boca quedó
abierta más de dos centímetros – Pero …

- Está claro que no lo vas a dejar así como así, ¿verdad?

- Solo es una pequeña condición.

- Una condición – mi voz sonó a resignación.

- Además no te debes preocupar, si no la aceptas siempre te queda la opción de seguir aguantándome – en este momento sujetó mi mentón elevándolo hasta que sus ojos atraparon a los míos en una intensa mirada.

- Dilo ya – intentaba que sonara algo borde pero los nervios y la inmovilización a la que esos ojos me habían sometido no me dejaron.

- Más que decir es hacer – sus ojos miraron mis labios y se volvieron a clavar en mis ojos, se fue inclinando hasta que sus labios se quedaron a escasos centímetros de mis labios, en ese momento paró bruscamente – pero eso es algo que debes hacer tú, no yo – en ese momento se retiró dejando temblando todo mi cuerpo.

No pude evitarlo, mi cabeza cayó evitando su mirada, él no habló pero noté cierta preocupación por mi reacción.

- ¿Qué te ocurre? – su voz se había apagado y su sonrisa desapareció – Lo siento, quizás me esté sobrepasando, olvídalo.

- No, no te disculpes. Es que me ha sorprendido – y tanto que me había sorprendido, comencé a sonreír y como no a ruborizarme, su rostro cambió y volvió a relajarse.

- Ya pensaba que era yo el único que se estaba enamorando – dijo mientras acariciaba mis mejillas a punto de estallar por el calor.

- No seas tonto.

- ¿Cómo que no sea tonto? Explícate ¿Como he de tomarme esa respuesta?

- Como tú quieras – mi tono fue vacilante, en realidad solo intentaba que abandonase el tema, a mi me gustaba mucho y me sentía muy bien con él, pero no sabía que era enamorarse, no sabía si podía ser eso.

- Bueno en tal caso, lo tomaré como que soy tonto por pensar que tú no te estás enamorando – miró hacia un lado con una sonrisa muy pícara.

- Está bien, me parece correcta tu deducción - ¿qué podía decir? Acertó a la primera, yo sentía algo por él, aunque no podía definirlo, me sentía muy bien a su lado y más de una vez pensé en cómo sería besarlo.

Sonrió y me tomó de la mano, comenzamos a caminar hacia el hotel, era tarde y debía volver. Cada vez que nuestras miradas se encontraban el calor volvía a subir a mis mejillas.

- Está comenzando a refrescar, hace algo de frío, ¿no crees? - ¿frío? Yo estaba a punto de arder, ¿cómo podía tener frío?

- Un poco – no estaba en situación de sentir frío, pero si él lo decía sería por algo.

Soltó mi mano y deslizó la suya a través de mi cintura hasta lograr rodearla con su brazo, entonces me sujetó fuerte contra él. ¿Cómo iba a tener frío así?

Poco a poco me sentí mucho más cómoda entre sus brazos y el calor de mis mejillas comenzó a disiparse.

- Bueno pues ya estamos aquí – la resignación en su voz me dio a entender que el camino también se hizo corto para él.

- Sí, ya hemos llegado.

- Mañana hemos quedado en la playa, nos quedaremos allí hasta el amanecer, ¿vendrás?

- Sí, aunque no creo que me quede hasta el amanecer, no creo que pueda – mi padre no me dejaría que pasase la noche por ahí, eso estaba muy claro.

- No importa, si quieres puedo pasar a recogerte cuando vaya a amanecer.

- ¿Qué tiene de especial esta noche? ¿Por qué os quedáis hasta el amanecer en la playa?

- Es el amanecer de Sirius – se dio cuenta de la cara de duda que puse y comenzó la explicación – La primera noche que conocí a mis amigos nos quedamos toda la noche de fiesta en la playa, ese día no lo entendí muy bien pero ellos me explicaron el significado de este amanecer. No se si sabes que Sirius es la estrella más brillante del cielo nocturno vista desde la Tierra – mi rostro sorprendido siguió la historia con curiosidad, nunca había oído hablar de dicha estrella – en realidad, son dos estrellas que viajan juntas. La historia cuentan que la estrella mayor es Orión un cazador y la pequeña su perro, cuando Orión ascendió al cielo su perro lo siguió porque no podía estar sin él, es la relación de cariño y amistad lo que hizo al perro ascender con él. Bueno pues según mis amigos, como el día 26 de julio la estrella Sirius amanece junto al Sol, es el día más propicio para encontrar a la pareja con la que compartirás toda tu vida.

- ¿Y por qué han llegado a esa conclusión?

- Pues porque si al cariño de dos seres, le unes la amistad y el calor que proporciona el sol, es una combinación muy propicia para que una relación sea duradera.

- No había escuchado nunca hablar de Sirius, pero me parece muy interesante esa teoría – lo cierto es que era muy interesante y me había sorprendido mucho la mezcla de sentimientos y su resultado.

- Yo creo que falla un poco – su voz sonó disconforme – conmigo no ha ocurrido.

- Bueno siempre hay una excepción que confirma la regla, ¿no?

- Pues debe de ser eso, porque yo te encontré a ti días antes de este amanecer.

Lo miré y él clavó sus ojos en los míos, tomé tímidamente su cintura y me acerqué a él muy lentamente, sin apartar mis ojos de los suyos. Noté como el calor subía a mis mejillas pero no me detuve, cuando estaba a pocos centímetros de sus labios mis ojos se cerraron y en ese momento noté la presión de sus labios contra los míos, el rodeó mi cintura presionándome contra su cuerpo. Todo mi cuerpo comenzó a temblar pero él me sujetó firmemente hasta que mi cuerpo se acopló perfectamente al suyo dejando de temblar.

Abrimos los ojos a la vez y el brillo de sus ojos me dejó sorprendida, me pregunté si los míos estarían igual, volvió a besarme con más intensidad y después sonrió.

- Creo que deberías subir – dijo mientras rozaba sus labios por mi cuello – sino no voy a poder dejar de besarte.

- No se si quiero subir – se apartó un poco de mi sonriendo, no me había dado cuenta pero mis brazos rodeaban su cuello con fuerza – creo que aún es temprano.

- ¿Temprano? Creo que tus padres me van a matar, prometí que llegarías pronto y mira que hora es – miré mi reloj y eran la una menos cuarto, puse cara de espanto – creo que nos vemos mañana, ¿no?

- Si mañana nos vemos, es muy tarde – bajé mis brazos y cuando me disponía a dar media vuelta me acarició la mejilla y la besó – si no paras no podré subir.

- Estás preciosa con el rosado de tus mejillas – no lo había notado pero estaban ardiendo – hasta mañana, mi estrella.

Sonreí y me dirigí a la puerta del hotel, no sin dedicar mi última mirada hacia él, que seguía apoyado en la pared.

Cuando subí a la habitación mamá se encontraba esperándome.

- Llegas tarde pequeña.

- Sí, me he entretenido un poco, lo siento.

- No te preocupes, papá ya se fue a dormir. Está preocupado por ti.

- ¿Por mí? ¿Por qué? – no lo entendía, yo estaba bien, más que bien, es más, estaba estupendamente.

- Cree que ese chico es muy mayor para ti y no se fía mucho de él, – yo era su niña y no se fiaría de ningún chico – yo creo que exagera un poco pero quiero que tengas cuidado.

- No te preocupes mamá, tendré cuidado pero Carlos es buen chico, en serio.

- Sabes que no me gusta interferir en tus relaciones pero por favor ten cuidado.

- ¿Tú también mamá? – mi madre no solía tener las mismas paranoias que papá – si quieres me paso todo el día en el hotel para que nadie me haga daño.

- Sabes que no es eso lo que quiero – su tono subió algo enfadado.

- Entonces ¿qué queréis mamá? – contesté con el mismo tono.

- Solo que tengas cuidado hija – su tono volvió a ser normal aunque algo entristecido – Nosotros siempre hemos estado ahí donde nos hayas necesitado pero no siempre será así, te haces mayor y todo cambia.

- ¿Qué quieres decir? – me estaba confundiendo, ¿qué quería decir? Ellos y yo estaríamos juntos, yo no pensaba alejarme de ellos – Mamá, yo no voy a hacer nada que me aleje de vosotros.

- Lo sé mi vida, lo sé – su voz seguía triste – solo quiero que te cuides mucho, soy tu madre, es normal ¿no?

- Sí mamá, prometo cuidarme – sonreí intentando suavizar la situación pero ella sonrió muy levemente - ¿He hecho algo mal?

- No, no cariño, es solo que estoy un poco cansada, hace días que no duermo bien y ya sabes lo mal que me sienta – sonrío y se levantó para abrazarme – Te queremos mucho, mucho, mucho. Lo sabes ¿verdad?

- Claro mamá, yo también os quiero mucho, pero dime ¿qué está pasando?

- Nada, de veras – sonó convincente aunque sus ojos mostraban una preocupación que no lograba ver – Descansa, mañana todo irá mejor, ahora duerme, te quiero hija.

- Yo también te quiero, mamá.

Me besó en la frente con otro gran abrazo y se marchó después de dar otro beso a Dani. No entendía la actitud de mamá, no lograba entender que es lo que le preocupaba.

La tristeza de sus ojos no me permitió dormir, los ojos de mamá siempre estaban rebosantes de felicidad, cualquier mañana triste a su lado se volvía de lo más dicharachera, pero hoy esa felicidad había desaparecido de sus ojos.

Esa noche me dio para pensar en varias opciones, por un lado estaba el hecho de que yo salía mucho ahora, pasaba toda la tarde y parte de la noche con Carlos, esto podía hacer que ella se entristeciera, ya que ella y yo manteníamos una relación muy estrecha, no nos hacia falta hablar para contarnos todo, puede que se sintiera así por el hecho de que estuviera dejándola un poco al lado por pasar más tiempo con Carlos. Por otro lado mamá tenía mucha intuición, era como un don para predecir el futuro cercano, su instinto suele avisarle cuando existe algún peligro. Al principio papá y yo nos reíamos de sus predicciones, hasta que un día la hicimos enfadar y comenzó a contarnos los sueños que tenía y las interpretaciones de ellos. Era sorprendente la facilidad que tenía para hacerlo y el significado de cada detalle del sueño. Después de varios aciertos mi padre y yo desistimos de las bromas y la comenzamos a tomar más en serio. Pero ¿qué había podido soñar? ¿Carlos me haría daño? ¿Lo pasaría mal cuando nos marchásemos a casa? ¿Qué era? Me estaba volviendo loca sin encontrar respuesta, pero entre pregunta y pregunta mis ojos comenzaron a cerrarse.

Abrí los ojos en la playa, estaba amaneciendo y la playa estaba completamente vacía, me incorporé muy asustada y comencé a gritar llamando a mamá, ella no respondía, corrí de un lado a otro buscando y buscando hasta que conseguí ver a mi familia, ellos me saludaban desde la otra punta de la playa, papá tenía a mamá abrazada y a Dani en sus brazos. Me miraban sonriendo, lo cual me tranquilizó, corrí a su lado pero mis pies se hundían en la arena de la playa y no lograba avanzar. Ellos se giraron y comenzaron a caminar. ¡No, no, esperad! Les grité sofocada. Mamá se giró, su voz sonó muy lejana pero conseguí escuchar como decía: "Cuídate, te queremos mucho, mucho, mucho". Me lanzó un beso que sentí sobre mi frente, llenando de un profundo vacío mi corazón, intentaba respirar pero la presión de mi pecho no me dejaba. Cuando intenté tocar mi pecho mis manos tropezaron con unos brazos que me presionaban, me giré rápidamente para ver quien me sujetaba. Era Carlos, él me retenía a su lado con un rostro de tristeza inmensa, no lo entendía, yo quería ir con mi familia pero él no me soltaba. De pronto me sonrió y dijo: "Yo estaré a tu lado", la tristeza que sentía no me dejaba hablar y apoyé mi cabeza en su pecho. Cuando lo hice me di cuenta de su vestimenta, era un traje de chaqueta negro a juego con su negra corbata.

De repente un llanto repentino me despertó, era Dani, se despertó tan asustado como yo.

- Ya cariño, ya pasó – le dije cariñosamente cogiéndole entre mis brazos – solo ha sido un mal sueño, ya pasó.

- Y tú ¿por qué lloras? – dijo con su vocecita mientras limpiaba mis lágrimas.

- También un mal sueño – lo acurruqué entre mi pecho y volvimos a dormirnos.

A las siete sonó mi móvil, era Carlos, no recordaba que habíamos quedado pero le conté que no había dormido bien y que no iba a bajar. Él lo entendió y quedamos por la noche sobre las nueve, ya que me apetecía pasar el día con la familia.

- ¿Qué ha pasado aquí? – las risas de mis padres lograron despertarnos y sentí un gran alivio, solo un mal sueño - ¡Vamos arriba!

- Ya vamos – contestó el pequeñuelo mientras se ponía de pie en la cama, a mi me costaba algo más despertar – Vamos Este despierta.

- Ya voy – contesté dando media vuelta.

- Vamos a despertarla – se oyó a mi padre dar saltitos hasta llegar a mi cama, los dos se echaron sobre mi haciéndome cosquillas, y al poco se unió mi madre – vamos arriba.

- ¡Ya, ya vale! – dije entre risotadas - ¡Ya me levanto! Pero ¡parad! – ellos seguían riéndose pero sin parar, intenté quitármelos de encima y terminamos todos en el suelo de la habitación riéndonos – Os quiero mucho a los tres pero tenéis que reconocer que sois algo pesados, ¿eh?

Ellos siguieron riéndose y nos unimos en un gran abrazo. El miedo de la noche dio paso a una gran tranquilidad, estábamos juntos y tan felices como siempre. Todo se quedó en un mal sueño y no iba a dejar que esto me preocupase más.

Me levanté como pude y me fui al baño para arreglarme, debíamos bajar a desayunar o cerrarían el comedor. Mamá entro detrás de mí con Dani para arreglarlo también.

- Buenos días cariño – dijo mamá con voz dulce - ¿qué tal has dormido?

- Bien mamá.

- ¿Cómo que estabais juntos? ¿te ha dado mala noche este enanito? - dijo revolviendo el pelo de Dani.

- No mamá – dijo el pequeño – Este lloraba y yo fui a cuidarla.

- ¿Estás bien cariño? – dijo mamá preocupada.

- Sí mamá, solo fue un mal sueño – la cara de mamá cambió, siempre solía preguntarme por mis sueños pero esta vez lo dejó pasar – No es nada, además es solo un sueño.

- Sí, solo un sueño.

Su respuesta me extrañó, ella siempre decía que los sueños eran de suma importancia, pero supongo que entendió que para mí no era así y por ello no quiso darle más vueltas.

La Despedida

Todas las despedidas son tristes
aun cuando puedas volver a verle.
Todas las despedidas son tristes
aun cuando lo conoces solo de días.
Todas las despedidas son tristes
aun cuando una promesa da esperanza.

Pero cuando la despedida es para siempre,
cuando tu vida ha sido sus vidas,
cuando una promesa se rompe.

La oscuridad te absorbe,
la tristeza y agonía se apoderan de ti,
no existe consuelo alguno.
El corazón se queda vacío y
el alma pierde su luz.

Buscas y buscas en tu corazón,
marchas al pasado negándote a volver,
los recuerdos se repiten una y otra vez.

No despiertas hasta que dices "adiós"
un adiós para siempre, un adiós doloroso.
Hasta que te aferras a esas manos tendidas,
hasta que vuelves a la dura realidad.

Capítulo 2

La despedida

- Bueno, ¿qué vamos a hacer hoy? – dije a mamá después de desayunar.

- ¿No has quedado con Carlos?

- Hoy nos veremos por la noche, quiero pasar el día con vosotros, ¿os parece bien?

- Muy bien, aunque supongo que esto viene por la conversación de ayer, ¿no?

- Un poco, pero también porque me apetece.

- Está bien, bajaremos a la playa y después de comer pasearemos por los puestos artesanales, papá quiere llevarse un recuerdo a casa y aún no hemos comprado nada.

- Me parece buena idea pues pronto nos marcharemos.

- Sí cariño, la despedida está cerca – su voz sonó nostálgica, ¿sería eso lo que le ocurría? ¿Que pronto dejaríamos Zambujeira para volver a casa?

- Bueno pero el año que viene más, no te preocupes, además aún nos queda para irnos.

Sonrió y se llevó Dani a fuera. Yo terminé de arreglarme mientras ellos seguían con sus bromas en la habitación. Cuando terminé bajamos a desayunar, nos sentamos en la mesa de siempre y cada uno tomó su desayuno. Yo tomé mi zumo de naranja con tostadas de paté. Mi padre siempre se quejaba de lo cortas que se hacían las vacaciones y la verdad es que este año también a mi se me estaban haciendo cortas.

Terminamos el desayuno y después de pasar por la habitación a cepillar nuestros dientes bajamos a la playa. Como siempre estaba llenísima, aunque entre sus calas la densidad de personal era menor. Me quité mis pantalones y cogí al pequeño para irnos al agua, él se deshizo de mis brazos y echó a correr y yo detrás de él. Nos quedamos en la orilla jugando a chapotear con el agua y llenar los cubos con arena. Otros años este había sido el único juego pero éste aún no había disfrutado con Dani de la playa y la verdad es que lo estaba extrañando.

Después de un rato con los cubos una sombra me cubrió:

- Hola Estela – sin duda esa voz era muy conocida para mí, estas vacaciones, la más escuchada por mis oídos - ¿Has descansado?

- Hola Carlos, sí, algo he logrado descansar – cuando me giré noté su rostro muy serio – Siento lo de esta mañana.

- No, no te preocupes, estuve con Filipe y Bartolomeo, toda la noche y el amanecer lo vi desde la terraza.

- Lo siento de veras, pero la noche fue muy larga y esta mañana no tenía fuerzas para levantarme.

- No te disculpes, en serio no pasa nada.

Se sentó a mi lado y revolvió el pelo de Dani.

- ¿Puedo jugar con vosotros?

- Sí, vamos a hacer un castillo – dijo con voz sonriente el pequeño – Hay que coger arena.

- Bien pues vamos, no perdamos tiempo – comenzó a coger arena, me sonrió y guiñó su ojo para mí.

Miré hacia mis padres y ellos me sonrieron, esto me relajó bastante, supongo que me sentía muy cómoda con Carlos pero también con mi familia.

Pasamos toda la mañana jugueteando con la arena, Carlos formó un enorme castillo, con el que se metió a Dani en el bolsillo, lo más que yo había hecho para él era una casita de campo al lado del castillo de Carlos. Después de esto tomé a Dani en mis brazos y lo llevé al agua para quitarnos la arena y de paso refrescarnos un poco, Carlos nos siguió después de coger el flotador de Dani. Corrió tras nosotros y jugueteó con el agua hasta empaparnos, después nos tiró el flotador de Dani y nos adentramos un poco más, llegamos hasta que el agua cubrió mi pecho.

Al llegar allí sumergimos la cabeza a la vez, en ese momento noté los brazos de Carlos rodeándome la cintura, nos elevamos hasta salir del agua quedando su cuerpo pegado al mío, rápidamente me giré para ver a mis padres, pero no estaban.

- Iban al bar – dijo cuando se percató hacia donde miraba – me dijeron que cuidásemos a Dani.

- Ah, está bien – respondí sonriendo, él me miró y miró a Dani.

- Estaría mal que te besase estando él, así es que no me mires así o mis fuerzas flaquearan.

- Está bien, tendremos que dejarlo para más tarde.

- ¿Dónde quieres que te lleve esta noche?

- Donde quieras, tenemos pensado cenar en el restaurante donde trabajas, después estoy libre.

- Bueno, si estás cansada – dijo dudando – podemos ver una película en casa, Filipe y Bartolomeo estarán en la playa hasta tarde con Isaura y Valeria, si quieres podemos quedarnos allí.

- Sí – contesté algo cortada, ir a su casa era algo que intimidaba mucho – me apetece estar contigo en plan tranquilo.

Me sonrió acariciando mis mejillas, después se giró para seguir jugueteando con Dani. Cuando vimos regresar a mis padres salimos del agua.

- ¿Qué tal el baño? – dijo papá sonriendo.

- El agua está muy fría – contestó el pequeño estirando sus bracitos hacia él.

- Pues sí, está fría. Bueno chicos, vamos al hotel a cambiarnos y después a comer. ¿Nos acompañas? – miró a Carlos dirigiéndose a él.

- Gracias pero no puedo, entro a trabajar a las dos y voy un poco tarde – Carlos se había quedado tan sorprendido como yo, hasta hace un rato pensaba que a papá no le caía muy bien – Tendrá que ser otro día.

- Mañana nos marchamos pero quizás otro año, ¿no? – papá me miró confuso, no entendía porque Carlos no lo sabía.

- ¡Mañana! – dijimos al unísono Carlos y yo.

- Es veintiséis Estela, en cuatro días entro a trabajar de nuevo y tenemos que llegar antes.

- ¡Dios mío! Se me han pasado volando los días, no sabía que estuviésemos a veintiséis – la verdad no presté atención a los días que llevábamos allí. Giré mi cabeza hacia Carlos y vi su rostro, era una mezcla de desconcierto y desolación - ¡Lo siento! Pero no pensé que fuese tan pronto.

Mis padres al darse cuenta de la situación, cogieron a Dani y se despidieron siguiendo hacia el paseo.

- No te disculpes, es solo que me ha pillado por sorpresa – bajó su rostro y no supe que decir - Bueno al menos nos queda esta noche, ¿no?

- Por supuesto, además espero volverte a ver el año que viene. Nosotros venimos aquí todos los años – sonreí para suavizar la situación – y se donde trabajas.

- Eso suena muy bien, aunque te voy a echar de menos.

- Yo también – sentí una presión en mi pecho y no pude evitar besarle.

Él me abrazo muy fuerte, como si no nos quedase tiempo, cuando nos despedimos me besó de nuevo y me dijo que pasaría a buscarme por el restaurante sobre las nueve.

Aceleré mi paso para llegar a mis padres que me esperaban arriba en el paseo. Nos fuimos hacia el hotel y mi madre me agarró entre sus brazos para consolarme, me conocía mejor que nadie y sabía que la despedida sería dura.

Cuando llegamos al hotel, mamá pasó por mi habitación para charlar un rato:

- ¿Cómo estás hija?

- Bien mamá - ¿a quién iba a engañar? – Bueno no, no estoy bien.

- ¿Es por Carlos?

- Sí y no, no se siento una pequeña angustia, estoy nerviosa y creo que algo no va bien – mi madre cruzó la habitación para sentarse a mi lado y besar mi frente – No se mamá, no me siento bien.

- No tienes de que preocuparte, te prometo que todo va ir bien, en la vida siempre hay montañas que superar para llegar a la felicidad. Hay pruebas muy duras que hay que superar, tienes que ser fuerte, muy fuerte. Siempre hay que seguir luchando por muy duro que sea el golpe.

- Lo sé mamá – ella me lo había dicho más de una vez aunque nunca con tanto empeño, supongo que habría llegado el momento de ponerlo en práctica – seré fuerte, prometido.

- Confío en ti y se que por mal que te trate la vida, serás fuerte y encontrarás la felicidad – volvió a besarme y sentí una gran presión en mi pecho – por eso no hay que preocuparse.

- Te quiero mucho – la abracé lo más fuerte que pude.

- Bueno cariño, vamos a dejarnos de cháchara, vamos a arreglarnos para salir – no me había dado cuenta hasta este momento de sus ojos, había vuelto a ellos esa tristeza de ayer pero hoy, tenían cierto brillo – y a quitarnos toda esta arena.

- Está bien, nos vemos en un ratito.

Mi madre se llevó a Dani a la habitación de al lado donde se alojaba con mi padre, desde hace dos años, había decidido que necesitaba una habitación individual para mí, aunque ahora la compartía con Dani. Se marcharon dejando en silencio mi habitación, aproveché para poner un poco de música mientras quitaba toda esa arena de mi cuerpo.

Cuando ya no quedaba arena en mi cuerpo coloqué el tapón del desagüe y dejé que la bañera se llenase de agua, vertí gran cantidad del gel de baño que le había quitado a mamá. Era de lirios, la flor favorita de las dos, su olor conseguía relajarme hasta el infinito.

Me tumbé en la bañera dejando que el agua y la espuma cubriesen mi cuerpo, tenía tiempo ya que ellos eran tres para arreglarse, aumenté el volumen del reproductor de CDs y me sumergí en la música...

<<...*si este es el camino que tracé contigo... y tantas veces me he caído con tu mano yo me vuelvo a levantar...*>> Presuntos Implicados.

Esta canción es la que siempre escuchaba mi madre cuando estaba de bajón, le hacía recordar que hay que seguir levantándose. Era un buen resumen de la charla que acabábamos de tener mamá y yo, levantarse y superar todo hasta llegar a los sueños, hasta llegar a la felicidad.

Después de mi relajante baño musical me puse un vestidito cómodo para bajar a comer. Salí de mi habitación y fui a la de mis padres donde estaban terminando de arreglarse.

Tardamos poco en salir a comer y volver, no nos entretuvimos mucho porque Dani se quedó dormido en los brazos de mamá y estaba algo pesado. Esa tarde no tenía sueño y mamá y yo aprovechamos para recordar algunas de nuestras historias, papá, de vez en cuando, se reía al escucharnos y le hacía carantoñas a mamá.

Me encantaba verlos tan felices, era como una pareja de recién casados aunque llevasen casi toda la vida juntos. Después de todo había merecido la pena todo lo que habían pasado, todo lo vivido porque sus vidas se habían unido para ser felices para siempre.

La tarde pasó de lo más entretenida, recordamos muchas historias y papá se unió a nosotras para aportar alguna que otra. Dani despertó y nos marchamos a los puestos artesanales, para comprar algún recuerdo. Papá y mamá se compraron unos marcos realizados con pequeñas conchas, con pequeños detalles de madera y a Dani le compraron un pequeño coche. Yo tardé algo más en decidir qué quería, después de varios puestos vi unos colgantes de cuero negro de donde pendía una estrella de cristal que tenía pegada otra estrella en su extremo izquierdo, estaba claro que éste era el recuerdo perfecto y el regalo perfecto para que él me recordase. Le pedí a la dependienta dos colgantes iguales, también le pedí que grabase con su rotulador el nombre de Carlos en uno y el mío en el otro. Mamá me sonrió y me dijo que era un regalo precioso.

Estuvimos hasta tarde dando vueltas por los puestos y a las ocho recordé a mis padres que había quedado con Carlos a las nueve.

Cuando llegué al hotel busqué entre mi ropa algo cómodo pero que me sentara bien, ya que no quería ir muy arreglada pero si guapa. Después de vaciar medio armario me decidí por unas faldas beige largas y un top marrón. Peiné mi pelo y me maquillé un poco, mamá me ayudó ya que tenía más experiencia que yo en esto del maquillaje.

Cuando terminamos bajamos a la cafetería donde nos esperaban papá y Dani. Mamá se había puesto un vestido blanco y también se había maquillado, cuando llegamos a la altura de papá, este se quedó boquiabierto.

- ¡Dios mío! Estáis preciosas – miró a mamá y luego a mi - ¡Qué suerte tengo! Voy a cenar con las chicas más guapas de todo el mundo.

- Ya será para menos, papá.

- ¿Menos? ¿Os habéis mirado al espejo? Estáis preciosas – tanta insistencia hizo que mamá le besara, supongo que como premio.

Mamá y yo nos echamos a reír y papá se puso en medio de las dos para ir al restaurante, también Dani estaba de acuerdo en que estábamos muy guapas. Después de tanto halago, caminamos hasta el restaurante donde trabajaba Carlos, aunque esta noche no estaría, pidió la noche libre para pasarla conmigo. Filipe ocupaba su lugar en la barra, cuando nos vio entrar me sonrió.

- Buenas noches, ¿cómo están?

- Bien Filipe, estos son mis padres, Jorge y Alba, y el pequeño es Dani.

- Hola – saludó a mis padres amablemente – encantado de conocerles.

- Igualmente – contestaron mis padres.

- Bueno ¿dónde quieren sentarse? Hoy hemos colocado una pequeña terraza fuera.

- Fuera está bien – contestó papá – así tendremos de fondo la playa, además la noche es estupenda.

- No sé, es que fuera... – dijo mamá algo disconforme – Bueno lo que queráis.

- Dentro no queda sitio pero si quieren pueden esperar.

-No, da igual fuera está bien – concluyó papá.

Nos sentamos fuera, en una mesa al lado de las cristaleras del restaurante, papá pidió la comida mientras mamá intentaba colocar parte de mi cabello que se negaba a quedarse quieto. En ese mismo momento sonó mi móvil, era Carlos que salía de su casa y me avisó de que llegaría algo tarde, a mi me venía genial pues aún no había cenado, por ello al final terminamos quedando a las diez para que pudiera cenar tranquilamente.

Después de cenar, papá y Dani fueron al baño y a pagar a la barra, mamá y yo nos quedamos hablando de la vuelta a casa, mañana por la mañana haríamos las maletas y volveríamos a la rutina, volveríamos a Carennac.

De pronto vi a Carlos que me saludaba desde la acera de enfrente, mamá también lo vio.

- Vamos no lo hagas esperar – dijo mamá mientras me daba un beso - Estás preciosa.

- Gracias, mamá.

Me levanté de mi silla y crucé la calle hasta donde me esperaba él. Vestía un pantalón y una camisa de lino blanco.

- Hola – dije con entusiasmo.

- Hola Estela, estás preciosa – su mirada recorrió todo mi cuerpo hasta parar en mis ojos – perdona por haberte hecho esperar.

- No te preocupes, yo he terminado ahora. Por cierto tú también estás muy guapo.

- Muchas gracias. Bueno, ¿qué tal la tarde?

- Pues bien, hemos estado dando un paseo por los puestos – comencé a buscar en mi bolsito el colgante que le había comprado – Toma, espero que te guste, lo vi y me acordé de ti.

- Estela, es precioso – dijo sorprendido – Es precioso, no sé que decir, muchas gracias.

- Bueno es para que no te olvides de mí – sonreí tímidamente y él me abrazó entre sus brazos.

- Jamás te podría olvidar – susurro en mi oído mientras besaba mi mejilla.

- Yo llevaré otro pero con tu nombre, así tampoco me olvidaré de ti, aunque también es imposible que lo haga – me abrazó más fuerte y volvió a besarme.

- ¿Te apetece que vayamos a casa?

- Sí, mucho.

- ¿Nos vamos?

- Sí, aunque primero vamos a despedirnos de mis padres, ¿vale?

- Sí, por supuesto.

Al momento de girarnos se escuchó un fuerte sonido que provenía de un automóvil, se acercaba rápidamente después de haber doblado la esquina, sus frenos comenzaron a chirriar cuando invadió el carril contrario por donde se acercaba otro vehículo.

Todo ocurrió en escasos segundos, Carlos y yo nos quedamos inmóviles viendo como los dos automóviles iban a chocar, en ese momento el coche que subía giró su volante hasta empotrarse contra la puerta del restaurante donde habíamos estado cenando, el otro vehículo perdió el control y se fue directamente hacia mamá.

- ¡No! ¡No, mamá! ¡No! – grité desesperadamente, pero el coche no paró - ¡No!

- ¡Estela! – gritó Carlos mientras me desenvolvía de sus brazos para correr hacia mamá.

Cuando llegué a la otra acera, corrí alrededor del coche, la gente gritaba y gritaba, aunque en mi interior no se escuchaba nada, era como si estuviera hueco. Se me hizo eterno el momento hasta que encontré a mamá, estaba tumbada sobre una alfombra de cristales rotos, su blanco vestido se había convertido en un empapado vestido rojo y de su abdomen sobresalía un afilado trozo de cristal. Su rostro era de una extraña paz, como si esto fuese lo que estaba esperando, era muy extraño.

- ¡Mamá! ¡Mamá! – mi llanto no me dejaba apenas respirar, ésta era la peor de mis pesadillas, y no acababa.

- Ya está hija, no te preocupes por mí, ya está.

- ¡Por Dios, llamen a una ambulancia! – grité desesperada, no sabía que hacer, no podía pensar.

- Por favor Carlos, cuida de ella. No la dejes nunca sola, por favor – dijo mamá con voz ahogada – Te quiero mi vida, sé fuerte.

- ¡No! ¡No, mamá! – la tenía sujeta con mis brazos y en ese momento su cuerpo se estremeció, no reaccionaba - ¡Mamá! ¡Mamá!

Carlos se arrodilló a mi lado y me abrazó fuertemente, no podía creerlo, ¿por qué nadie hacía nada? Mamá no me respondía, no respiraba, necesitaba ayuda y nadie hacía nada.

La ambulancia tardo más de quince minutos, aunque para mí fue como una hora, me apartaron del lado de mamá y la cubrieron con una sábana blanca. Mi mirada estaba sobre esa sábana, no podía reaccionar, no entendía nada pero de pronto una voz de fondo despertó de nuevo mi ansiedad.

- Dentro hay seis heridos y dos muertos, un varón moreno de unos cuarenta años y su hijo de unos tres. El coche los arrolló cuando se disponían a salir.

- ¡No! ¡No! – intenté soltarme de los brazos de Carlos pero no me quedaban fuerzas.

- Espera cariño no sabemos si son ellos – intentó calmarme pero yo sentía un vacío muy grande en mí – Por favor señores, su padre y su hermano estaban dentro necesitamos saber si están bien.

De pronto vimos a Filipe que se acercaba con un camillero, ayudando a sacar a los heridos. Él me miró y su rostro se hundió en la tristeza.

- Lo siento mucho, Estela. Tu padre y el pequeño …

No pude escuchar más, mis fuerzas me abandonaron y mi cuerpo cayó al compás de mis párpados.

Me encontré en una habitación completamente vacía, estaba oscura y no podía ver nada. Llame a mamá mil veces, también a papá pero nadie me respondía. De pronto una luz me deslumbró, estaba en la playa y a lo lejos vi a papá, mamá y a Dani, ellos se alejaban y les pedí que me esperaran, pero continuaron caminando. Los seguí hasta el restaurante, estaban sonriendo sentados en la terraza, un fuerte sonido dañó mis oídos y de pronto un coche rojo se estrelló contra ellos. Eché a correr hacia ellos y de pronto me vi entrando en mi habitación del hotel, mamá estaba sobre mi cama esperándome, la tristeza de sus ojos había desaparecido y tenía una gran sonrisa para mí. Me recordó que en la vida hay muchas montañas que subir, hay momentos buenos y momentos peores, de los cuales hay que salir para encontrar la felicidad, y volví a prometerle que sería fuerte y que saldría adelante fuese cual fuese el golpe. Mamá besó mi frente y sentí su beso muy lejano pero pude sentir todo su cariño, se levantó de mi cama y se fue a la puerta donde papá y Dani la esperaban, los tres me sonrieron y se despidieron con un te quiero. La puerta se cerró y un flash de todo lo ocurrido esa noche volvió a azotar mi cabeza, mi madre ensangrentada, la sábana que la cubría y la cara de Filipe. Sentí como caía a un pozo profundo, hasta que empecé a escuchar voces.

- Estela, despierta por favor. Sé fuerte, vamos – la voz sonaba desgarrada, pero ella me hizo despertar, sus manos sujetaban las mías y no me dejaron marchar, me traían de vuelta a la realidad – Cariño, menos mal que reaccionas, por fin despiertas.

- Dime que no es verdad, dime que solo ha sido un mal sueño – la desolación volvió a mi ser, el profundo vacío de mi pecho se hizo más intenso y un fuerte dolor se apoderó de mi – dime que no es cierto.

- Lo siento, Estela, lo siento mucho.

- ¡No, no! – rompí a llorar y Carlos me abrazó, intentaba consolarme aunque para mí ya no existía consuelo alguno, en una fracción de segundo había perdido todo, había perdido mi vida.

- No te preocupes por nada Estela, saldremos de esto, no estarás sola, yo estoy aquí.

¿Cómo podía decir eso? ¿cómo quería que no me preocupase? Había perdido a toda mi familia, no me quedaba nada, nada.

Comencé a respirar con dificultad, enseguida vino una enfermera para inyectarme algo que me dejó grogui, aunque no calmó el dolor que sentía.

- Sé que esto es muy doloroso pero tienes que decirme si tienes algún familiar al que podamos avisar, cariño – dijo amablemente la enfermera.

- No, no tengo familia – al decir la última palabra mi corazón se volvió a rasgar, volvió otro intenso dolor.

- Yo soy su familia, yo me haré cargo de todo – Carlos no dudó ni un segundo, no pensaba dejarme sola y eso era una esperanza en mi situación.

- Pues debe acompañarme, tiene que tomar varias decisiones.

- Está bien, en un momento voy.

Besó mi frente y acarició mis mejillas retirando las lágrimas de mi rostro.

- No quiero que te preocupes por nada, yo me haré cargo de todo.

- Carlos, yo no quiero que tu vida se complique – mi voz se rompió al terminar la frase – yo seguiré con esto como pueda.

- No te voy a abandonar, estaré contigo.

No era una decisión fácil, yo estaba completamente sola y me agarraría a un clavo ardiendo. Él estaba decidido a estar a mi lado y aunque yo no quería complicar la vida de nadie tampoco tenía fuerzas para quedarme sola.

En dos días salí del hospital donde me habían ingresado con un ataque de ansiedad, la primera decisión que me esperaba era qué hacer con los restos de mi familia. Mi madre siempre había hablado de incineración y eso era lo que iba a hacer con ellos, sus cenizas las dejaría en varios lugares de España de donde eran. Ellos siempre decían que querían acabar sus vidas donde habían nacido, volver a sus raíces, y aunque sus vidas acabaron en Portugal, yo haría que ellos permaneciesen en España, su país.

Carlos se hizo cargo de todo el papeleo que conllevaba hacerse cargo de mi tutela, aún era menor de edad y hubo que mover muchos papeles para que pudiese ser mi tutor. Fue algo complicado por su juventud pero al tener dieciséis años y estar a favor de ser tutelada por él tuvieron que ceder.

Escuché a Carlos discutir varias veces con sus amigos, ellos le decían que no se atase, que no era coherente hacerse cargo de mí cuando solo me conocía de unas semanas. No los culpo, Carlos era su amigo y buscaban lo mejor para él, yo era una complicación en su vida pero él no desistió de la idea.

Entre Carlos y yo decidimos qué hacer, estaba claro que lo primero era depositar las cenizas de mi familia en los lugares que más les gustaban, los lugares que siempre visitábamos, en los lugares donde los había visto sonreír. Después iríamos a casa para recoger mis pertenencias e irnos a vivir a Madrid, donde se encontraba su hogar. Después de todo él tenía su vida allí, y a mi no me quedaba vida.

El viaje fue muy duro, en cada uno de los lugares que iba dejando las cenizas de mi familia dejaba parte de mi corazón, dejaba parte de mi vida. No sabía cómo iba a lograr seguir adelante si cada paso que daba me hacía sentir más muerta.

La llegada a Carennac se me hizo insoportable, allí había pasado toda mi vida, en cada calle, en cada esquina había un recuerdo. El lugar donde iba con mamá a comprar el pan, el parque donde papá nos llevaba a jugar a Dani y a mí. Y cuando al fin nos encontramos frente a mi casa no pude soportarlo y me derrumbé en los brazos de Carlos.

- Sé fuerte, saldremos adelante, sabes que estoy contigo.

- No puedo, no puedo con esto.

- Sí que puedes, vamos estoy contigo, sé fuerte - Carlos estaba siendo un gran apoyo, me ayudaba a levantarme cada día, me ayudaba a mantener la promesa que le hice a mamá, me ayudaba a ser fuerte.

Tomé aire e intenté mantener la compostura, tomé la llave de casa de la mano de Carlos y abrí la puerta. Me quedé inmóvil en la puerta, aún podía ver a mamá subiendo las escaleras, a Dani correteando de un lado para otro, a papá en el sofá leyendo un libro, aún se respiraba el aroma de nuestra felicidad. Nada había cambiado aunque ahora estaba vacía, había perdido toda chispa de vida, estaba triste y desolada, tanto como yo.

Saqué fuerzas de donde pude y crucé el umbral de la puerta, miré de un sitio a otro guardando en mi corazón cada rincón de nuestra casa, cada olor que me recordase a mi familia y cada recuerdo que pudiera darme una gota de vida.

- ¿Qué quieres que recojamos?

- De aquí nada, no quiero tocar nada, solo mi habitación – siempre se mantendría todo igual que mamá lo dejó, todo igual para seguir manteniendo vivo su recuerdo en mí – solo cogeremos mis cosas de arriba, solo quiero llevarme eso.

- Está bien, como tu quieras.

Nos llevó más de tres horas empaquetar toda mi ropa, fue lo único que quise llevarme, no me sentía capaz de vaciar la casa o llevarme lo que pertenecía a este sitio. Sentía que si lo hacía todo terminaría, y no podía permitirlo.

Después de llevar las cosas al coche, pedí a Carlos que me dejara sola unos minutos, necesitaba despedirme de todo. Caminé lentamente por toda la casa, la habitación de mis padres donde siempre me sentaba en la cama para ver cómo mamá se terminaba de arreglar, la habitación de Dani toda llena de peluches y cochecitos, la cocina donde papá me preparaba el desayuno y me enfadaba llamándome princesita, y el salón donde todos compartíamos momentos felices. Intenté guardar todos mis recuerdos, llenando con ellos todo mi corazón, intentando llenar ese vacío que había creado su ausencia.

Salí de casa y me monté en el coche, aún quedaban asuntos pendientes, aunque Carlos los dejó todos casi solucionados desde Portugal para que la estancia aquí no fuese muy larga. Teníamos que recoger varios documentos, como partida de nacimiento, historiales médicos, etc. También teníamos que pasar por el banco a retirar los ahorros de mis padres, los traspasamos a la cuenta de Carlos en Madrid para posteriormente abrir una cuenta a mi nombre.

Carlos y yo aún no habíamos decidido mucho sobre nuestras vidas, o más bien sobre mi vida, había pasado una semana de la tragedia y no habíamos tenido tiempo para hablar, lo único que Carlos tenía claro, es que él y yo estaríamos juntos.

Después de arreglar todos los documentos pendientes, salimos de Carennac ya que la estancia allí era insoportable para mí. Paramos algunas veces para beber y comer algo pero seguimos nuestro camino hasta estar en España.

Nuestra parada definitiva fue en un pueblecito de Huesca, se llamaba Biesca, Carlos estaba muy cansado, llevábamos unas cinco horas y media de conducción, aún nos quedaba la mitad del camino por recorrer, necesitábamos dormir.

Paramos en una pequeña pensión, su aspecto no era muy esplendoroso pero no sabíamos cuando encontraríamos otra.

- Descansaremos aquí y mañana continuaremos el viaje.

- De acuerdo.

- Bajaremos las dos maletas por no entretenernos más.

- Está bien – Carlos estaba muy cansado pero parecía que algo le preocupaba - ¿Qué ocurre?

- Nada, es solo que no se si prefieres una habitación para ti.

- No quiero estar sola – el hecho de estar sola me producía pánico, no podría dormir pero al menos estaría con él – Preferiría estar contigo.

- Vale, no te preocupes, estaremos juntos.

Cuando entramos en el hotel, Carlos me pidió que lo esperase en unos sofás que estaban situados al lado de las ventanas mientras él fue a hablar con el recepcionista. En un principio la cara del señor fue algo desconcertante, Carlos comenzó a hablar con él y a medida que hablaba la cara del señor pasaba a ser más serena, imaginé que le estaba mostrando el documento donde indicaba que era mi tutor y explicándole un poco la historia. Supongo que no veía muy bien que una menor pasara la noche en una habitación doble, acompañada por un chico mayor que ella.

Cuando el señor le entregó la llave de la habitación, Carlos vino a buscarme. El señor amablemente tomó mi maleta y nos indicó el camino hasta nuestra habitación. Ésta tenía dos camas separadas por una mesita, sus colchas eran marrón oscuro y sus almohadas bajas. Al entrar a la izquierda se encontraba un pequeño aseo, con ducha y lavabo.

Después de dejar mi maleta dentro el señor se despidió con un "descansen".

- Bueno no es tan bonita como mi casa pero es acogedora – estaba tan nervioso como yo e intentaba quitar hierro al asunto - ¿qué te parece?

- Está bien. – dije mientras miraba a mi alrededor - Necesito una ducha, te importa si …

- No, por supuesto. Entra tu primero, mientras voy a bajar a ver si consigo algo caliente para comer – llevábamos todo el día comiendo bocadillos.

Me fui a la ducha mientras Carlos bajaba a por algo de comer. Abrí el grifo del agua caliente y dejé que saliera el agua mientras me quitaba mi ropa lentamente. Después de doblar toda mi ropa, me coloqué debajo de la ducha, el agua caía sobre mi cabello empapándolo y resbalando por mi espalda. Cada gota que caía se mezclaban con mis lágrimas, este día había sido muy duro. El hecho de ver mi casa vacía, de sentirla sin vida, de saber que nunca sería igual, me hizo caer de la nube que protegía mi mente en un estado de shock, caí de bruces contra la dura realidad que cada vez se me hacía más dolorosa.

Carlos no tardó en llegar, desde aquel trágico día no me había dejado sola en ningún momento, ni aún cuando sus amigos le habían aconsejado no hacerse cargo de mi. He de reconocer que fui muy egoísta al dejarle hacerlo pero la soledad me dio tanto pánico que mi miedo y egoísmo me pudo.

Envolví mi cabello en una pequeña toalla y sequé mi cuerpo con el albornoz. Después de colocarme mi pijama, peinar y secar mi cabello, respiré hondo para salir del baño, deseé que mis ojos no me delataran, para Carlos todo esto también estaba siendo muy duro porque no sabía como hacerme sentir mejor y yo no quería complicárselo más de lo que ya lo estaba.

Carlos me esperaba sentado en la cama, la comida estaba encima de la mesita de noche que había colocado a los pies de una de las camas.

- No había mucho donde elegir, espero que te guste y tengas apetito – su sonrisa era como un pequeño haz de luz que me invitaba a seguir adelante.

- Bueno tengo apetito y huele bien.

- ¿Estás bien? – su preocupación al ver mi rostro hizo que su rostro cambiase de aspecto.

- Sí, no te preocupes – mi rostro se hundió sobre su pecho cuando él se levantó de la cama, y mis lágrimas volvieron a brotar – Lo siento, el día ha sido muy duro. Estoy muy cansada.

- Ya, no quiero verte así. Esto es muy duro, lo sé, sé por lo que estás pasando pero no puedes abandonar, tienes que seguir, tienes que luchar.

- Lo sé, pero es que se está haciendo insoportable, cada día que pasa los extraño más, no puedo seguir sin ellos.

- Sí que puedes, solo tienes que luchar y dejarme que te ayude en esto.

- ¿Más? Si no fuese por ti no habría pasado ni la primera noche. Has renunciado a una vida de libertad por ayudarme, ni siquiera sé si te debería haber dejado hacerlo, me parece muy egoísta por mi parte.

- Ésta ha sido mi elección.

- Sí, pero quizás tus amigos tenían razón y te estás complicando la vida.

- No lo creo, además ya está tomada la decisión.

- Yo no sé como agradecerte todo esto – me retiré de su lado para mirar sus ojos pero no pude sostener la mirada – no sé si algún día podré devolverte todo lo que me estás dando, yo …

- Ya vale, lo único que quiero que hagas es seguir luchando y sonreír – tomó mi mentón y elevó mi cabeza hasta que mis ojos se clavaron en los suyos - ¿de acuerdo?, al menos inténtalo.

- Lo intentaré.

- Con eso me vale, y ahora vamos a comer – zanjó la conversación besando mi frente.

Comimos sin mucho entusiasmo ni conversación, cuando terminamos recogimos los platos y Carlos entró en la ducha. Yo abrí la cama y me coloqué dentro, la almohada era algo dura pero estaba muy cansada y los párpados me pesaban muchísimo.

Mis sueños desde aquel trágico día se habían convertido en una sucesión imparable de pesadillas, en ellas intentaba una y mil veces evitar el accidente pero nunca lo conseguía, siempre llegaba tarde, siempre terminaba llorando y sola. El médico me había recetado unas pastillas para que las noches se hicieran más llevaderas pero intentaba evitar tomármelas, hacían que estuviese zombi todo el día.

Me costó conciliar el sueño pero al final el cansancio pudo conmigo. Como cada noche sobre las tres y media me desperté gritando y con la respiración agitada. Miré a mi lado deseando no haber despertado a Carlos, miré su cama pero él no se movía. Me levanté al baño y aproveché para tomarme la pastilla para dormir, no me apetecía tener más pesadillas esa noche. Cuando salí del baño Carlos esperaba despierto.

- ¿Estás bien? – dijo algo adormecido.

- Sí, solo me levanté a tomar la pastilla.

- ¿No puedes dormir?

- He vuelto a tener pesadillas.

- Ven aquí – dijo mientras retiraba la colcha de su cama, yo dudé pero al final me acerqué a su cama – ven.

Entré en su cama y él me rodeó con sus fuertes brazos mientras yo me acurrucaba en su pecho. Cuando me abrazaba me hacía sentir segura, nada malo me podía pasar a su lado. En sus brazos conseguí dormir lo que quedaba de noche de un tirón.

Amanecí empapada en sudor sobre las nueve de la mañana, busqué a Carlos al lado de la cama pero ya no estaba, me levanté algo asustada cuando escuché la puerta.

- Buenos días – dije mirando hacia la puerta de la habitación.

- Buenos días, ¿te he despertado?

- No, acabo de despertarme y escuché la puerta.

- ¿Cómo has dormido?

- Bueno algo mejor la segunda parte de la noche – dije intentando sonreír.

- Bueno pues si tengo que abrazarme a ti para que duermas bien ya sabes que por mí encantado – me respondió con su enorme sonrisa.

- Lo tendré en cuenta.

- He traído algo de desayunar, hay que coger fuerzas que aún nos queda la mitad del camino. Y debemos irnos cuanto antes para que no nos coja la tarde con este tremendo calor.

- Está bien, aunque antes de irnos me daré otro baño porque estoy empapada en sudor – le expliqué mientras separaba mi pelo húmedo del cuello.

- Sí, te vendrá bien.

Nos pusimos a desayunar mientras me explicaba por donde iba a ser nuestro viaje, intentó buscar el camino más corto para llegar a Leganés, una localidad de Madrid donde estaba su piso, el piso que heredó de su abuela, el piso que iba a ser mi nuevo hogar.

Me contó muchos de los detalles del lugar, un pisito acogedor en un barrio tranquilo y con un pequeño parque al lado. Todo parecía perfecto, aunque aún dudaba estar preparada para volver a vivir o al menos para intentarlo, pero Carlos había puesto tanta confianza en mí que no podía defraudarle, intentaría vivir lo que me quedaba de vida por él y por la promesa que le hice a mamá. Ahora este era mi clavo ardiendo, al que me agarraré hasta que mis manos ardan.

Resurrección

Cuando el corazón está roto
y la vida se sigue aferrando a ti,
la única salida es dejar que sane.

Cuando tu mundo se hace pedazos
y no encuentras los trozos
hay que hacer nuevos trozos que encajen.

Cuando todo se vuelve oscuridad
y no ves la salida
hay que guiarse por las manos amigas.

Cuando alguien te demuestra su cariño
y confianza sin pedir nada a cambio
hay que responder.

Después del punto más profundo del agujero
sigas el camino que sigas
siempre hay una subida.

Pero para ello hay que caminar,
para ello hay que curar heridas,
para ello hay que seguir viviendo.

Capítulo 3

Resurrección

Hoy es tres de Agosto, es el día de mi llegada a Leganés, el día de mi llegada a mi nuevo hogar, al hogar de Carlos.

Todo era nuevo para mí, el lugar, el piso, la gente, todo.

Una vida conjunta con alguien que acababa de conocer era un gran reto, pero era la única salida, la forma de salir de las profundidades, él era mi apoyo y lo único que me quedaba.

El viaje desde Huesca a Leganés se hizo algo más corto de lo que esperaba, estuve todo el rato intentando imaginarme el piso de Carlos, intentando ocupar mi mente para no pensar, para no llorar.

Llegamos sobre las cuatro y diez, paramos poco en el viaje para llegar pronto, ya que en el mes de Agosto, el calor era insoportable. Cruzamos varias calles, observé todo lo que íbamos dejando atrás, comercios, colegios, edificios, intentando averiguar cuál de todos ellos iba a ser mi hogar, dónde iba a vivir con Carlos y dónde iba a intentar ser feliz.

El coche frenó lentamente y giramos a la izquierda, comenzando así a ver un conjunto de árboles con sus hojas aún amarillentas debido al calor, rodeado de arbustos que casi tapaban los bancos de madera situados a las sombras de dichos árboles.

- Este es el parque del que te hablé, ya estamos cerca de casa.

- Es precioso, ¿sueles venir aquí?

- La verdad es que no mucho pero si te apetece podemos pasear por él cuando baje el calor.

- Está bien, me vendrá bien conocer un poco todo esto.

- Bueno ya casi hemos llegado.

Giró de nuevo a la izquierda, dando a una calle situada entre dos edificios de color blanco y gris, su aspecto era bueno aunque algo antiguo.

- Bueno, ya estamos aquí – su voz sonó relajada, feliz de llegar a casa – ¿dispuesta a conocer tu nuevo hogar?

- Lo cierto es que estoy algo nerviosa, no sé, todo esto está yendo muy deprisa. Es un cambio muy grande y no sé si va a salir bien.

- Todo va ir bien, Estela, confía en mí.

- Si no es por ti, soy yo la que falla en esta historia, soy yo la que te está complicando todo, soy yo la que tiene dudas.

- ¿Te arrepientes de venir conmigo?

Sus palabras me dejaron helada, no sabía qué contestar, no sabía por qué me decía eso.

- ¿Te arrepientes de estar aquí, conmigo? ¿No confías en mí?

- Estoy muy confundida, no sé como debo actuar, no sé que debo decir, todo es nuevo para mí, jamás había estado sin mis padres, jamás había estado sola – estas últimas palabras quemaron mi interior y las lágrimas volvieron a mis ojos – Perdóname, perdón por todo esto, siento haberte complicado así la vida.

- Tú no me has complicado nada – tomó mi rostro con sus dos manos – mírame Estela, esta ha sido la mejor decisión que he tomado en mi vida, estoy seguro de que todo va a ir bien, estoy convencido. Solo quiero que seas feliz y que te des una nueva oportunidad para continuar – su rostro triste y desolado volvió a mirarme –. Mira, yo voy a hacer todo lo que esté en mi mano para que seas feliz, voy a cuidar de ti para que no te falte de nada. En el momento que no quieras estar a mi lado yo te dejaré marchar, pero antes déjame que lo intente, déjame cuidarte. No sé que es, pero siento algo muy fuerte por ti y jamás me perdonaría que te ocurriese algo.

- Yo no sé si puedo darte lo que tu quieres, no sé si estoy preparada.

- Yo solo quiero que me dejes estar a tu lado, que me dejes cuidarte, no quiero nada más.

- Prométeme algo.

- Lo que sea.

- En el momento que te canses de mí, en el momento que suponga un estorbo para ti, dímelo por favor.

- Pero ¿qué dices?

- Promételo.

- Está bien, te lo prometo, aunque jamás me cansaré de ti – besó mi frente con dulzura, limpió mis lágrimas y me sonrió – Bueno ahora sí, vamos a subir, ¿de acuerdo?

Asentí y respiré hondo, aquí comenzaba mi nueva vida, aquí volvería a renacer intentando guardar mi pasado en lo más profundo de mi corazón para que no doliese tanto.

Subimos por las escaleras hasta la segunda planta, ya que el edificio no tenía ascensor. Carlos cargó con casi todo el equipaje, aún así tuvimos que volver a bajar a por lo que quedaba en el coche. Cuando todas las maletas estaban en la puerta, Carlos tomó las llaves de su bolsillo y abrió. Yo estaba muy nerviosa, no sabía cómo iban a ir las cosas, me daba miedo empezar de nuevo, pánico a quedarme sola. Abrió la puerta y el olor a hogar que desprendía me hizo sonreír, me hizo pensar que todo podría ir bien, me dio esperanza.

Giré mi cara para mirar a Carlos y su rostro estaba iluminado y sonriente, hasta ese momento no me había dado cuenta que estaba mirándome esperando mi respuesta. Después de nuestra conversación se había quedado bastante preocupado pero ahora en su rostro no existía ninguna preocupación.

- Me alegra mucho ver de nuevo tu sonrisa, ya la echaba de menos. Entra, estás en tu casa.

- Gracias – entré tímidamente y observando cada detalle – Es preciosa, no me la imaginaba así.

- ¿Cómo te la imaginabas?

- No sé, algo más antigua.

- Ja, ja, ja. Digamos que me gusta más lo juvenil que lo antiguo.

- No te rías de mí – dije avergonzada – como me dijiste que el piso era de tu abuela pues me lo imaginaba más viejo.

- Bueno poco a poco lo he ido reformando.

- Pues te ha quedado muy bien.

- Bueno entremos y te lo enseño.

- Vamos.

Entramos en mi nuevo hogar, Carlos me enseñó cada rincón del piso, todo estaba a juego, colorido y con mucha luminosidad, era pequeñito solo dos habitaciones, un baño y una cocina pequeñita pero muy bien amueblada. Todo era precioso y muy acogedor, todo parecía perfecto y en ello tenía mucho que ver Carlos, estando él a mi lado todo parecía mejor, me hacía sentir segura y más tranquila.

Me enseñó su habitación, sus muebles eran de madera en color nogal, estaba decorada con varios cuadros, a los pies de la cama había una cómoda donde se encontraban varias fotos, las observé unos segundos porque no quería incomodar a Carlos.

- Son de mi familia – dijo con la voz entrecortada – éstos son mis padres y mi hermano pequeño, ésta es de mi abuela y bueno por ahí también hay algunas de mis amigos.

- ¿Te gusta tenerlos cerca?

- Sí, hace años que pasó y aunque me ha costado mucho superarlo, aquí estoy. El tiempo va curando las heridas, nunca te olvidas de lo que pasó y siempre te duele recordar, pero acabas acostumbrándote a ese dolor.

- ¿Crees que algún día podré acostumbrarme al dolor? ¿Crees que podré superarlo?

- Estoy seguro de que sí, yo te ayudaré a superar todo.

Después de enseñarme toda la casa me preguntó dónde quería quedarme, le contesté sinceramente, aunque no quería estar sola la realidad es que estaría más cómoda en la otra habitación. Ya era demasiado el entrar así en su vida, como para también ocupar su espacio.

Carlos entró mis maletas en la otra habitación y preparó algo para comer, después colocamos todas mis cosas en mi nueva habitación.

- Poco a poco iremos comprando cosas para decorar la habitación a tu gusto, quiero que te sientas bien en ella.

- No te preocupes, está perfecta, no le falta ningún detalle.

- Bueno, yo diría que faltan cosillas pero ya las iremos viendo, por hoy está bien. Vamos a tener que bajar a comprar algo de comida porque las reservas andan bajas.

- Está bien.

Accedí a ir a comprar aunque en realidad estaba deseando echarme a dormir, la pastilla de anoche me había tenido todo el día medio grogui y después de colocar todo me sentía muy cansada pero no me apetecía quedarme sola.

Fuimos a un centro comercial que se encontraba a las afueras de la cuidad, Carlos se encargó de comprar todo, aunque me preguntaba por mis gustos culinarios y sobre las cosas que necesitaba. Decía que como no estaba acostumbrado a vivir con chicas no sabía que necesitaban. Yo seguía medio adormecida y contesté con algo de indiferencia.

- No te apetece estar aquí, ¿verdad?

- No es eso, es que la pastilla me tiene un poco grogui, perdona.

- No te preocupes, tardamos poco.

- De acuerdo.

- Hombre Carlos, ya estás por aquí – ambos nos giramos al escuchar esa voz – ya pensé que no volvías.

- Hola Francisco, si ya hemos vuelto – me quedé parada detrás de Carlos mientras él se adelantaba a saludarlo – Por fin estamos en casa.

- ¿Ella es Estela? - ¿Cómo sabía mi nombre? Seguro que Carlos le había contado todo, no supe como reaccionar pero él se acercó – Encantado Estela soy Francisco.

- Igualmente.

- Bueno, ¿te gusta la ciudad?

- No le he podido enseñar mucho, hemos llegado a mediodía – respondió Carlos por mí – en estos días se la enseñaré más tranquilamente, además va a tener tiempo de conocerla bien.

- Bueno pues no os entretengo más, encantado de haberte conocido, espero que todo vaya bien. A ti Carlos te veo el lunes en el trabajo, adiós.

- Vale, gracias.

¿El lunes en el trabajo? ¿Qué día era hoy? Desde el día trágico no me había vuelto a preocupar ni de que día era, solamente dejaba que pasasen lo más rápido posible. Pero ahora había sentido una gran angustia, Carlos no se había separado de mí y no sabía en cuantos días me dejaría para ir a trabajar. Preocupada pregunté qué día era, Carlos contestó que viernes y lo cierto es que mi mundo se vino abajo, en solo dos días estaría sola, sola en una nueva casa y en una nueva ciudad. De camino a casa estuve en silencio, pensando en la situación que me esperaba, pensando como iba a poder sobrevivir a la soledad.

Cuando llegamos a casa me tumbé en el sofá mientras Carlos colocaba toda la compra, estaba muy cansada y necesitaba dormir algo. Cerré mis ojos e intenté dejarme llevar por el cansancio, pero fue inútil, no pude dormir.

- ¿No puedes dormir? – dijo Carlos mientras se sentaba a mi lado - ¿qué te preocupa? ¿es por lo de mi trabajo? Te has quedado muy seria desde entonces. No te preocupes voy a pedir algún tiempo de baja para poder estar contigo.

- No, no, no es por eso. No quiero que pidas bajas, ya me las arreglo yo, tú no te preocupes sigue con tu vida, por favor. No quiero que tengas que cambiar nada por mí.

- ¿Estás segura?

- Por supuesto, ya está cambiando demasiado tu vida como para que la cambies más.

- No me importa cambiar mi vida por ti.

- Pero a mí si me importa que lo hagas, además yo voy a estar bien, en serio.

- Está bien, lo haremos a tu manera.

Mi vida había dado un giro de ciento ochenta grados pero intentaría por todos los medios que a Carlos le cambiase lo mínimo. Ya había cambiado demasiado desde que tomó la decisión de ser mi tutor legal. Respiré varias veces hondo, necesitaba tomar aire para coger las fuerzas suficientes para comenzar a planear y tomar decisiones sobre mi futuro más cercano, para comenzar a saber que iba a hacer con mi vida.

Carlos quería que fuésemos a ver algún instituto para comenzar las clases de nuevo, yo no estaba muy convencida, tenía algunos ahorros de mis padres pero debería trabajar para poder mantenerme, no quería que Carlos me costease todos mis gastos. Él no quiso hablar mucho del tema del trabajo, se negaba a dejarme trabajar con dieciséis años y sin su consentimiento no podía hacerlo. Al final tuve que darme por vencida aunque el trato conllevaba alguna cláusula en la cual yo me haría cargo de las tareas del hogar, sería una forma de sentirme útil.

En esta primera semana visitamos a mi nueva psicóloga, seguía necesitando tratamiento psicológico para pasar el trance de la pérdida de mi familia, Carlos pidió el día libre para acompañarme no quería dejarme sola los primeros días de tratamiento. Esto iba a seguir siendo muy complicado, más pastillas, más horas recordando todo y más complicaciones para Carlos. María, mi nueva psicóloga, era muy agradable, me daba buena impresión.

Por otro lado estuvimos viendo algún que otro instituto, la mayoría cerrados por vacaciones, yo quería ir al más cercano de casa, mis estudios se convalidaban por el mismo curso que estaba realizando en Francia, aún así tenía que realizar algunas pruebas en septiembre antes de comenzar el curso. Esta misma semana buscamos escritorio, libros y accesorios para comenzar a estudiar todas las materias que este instituto había impartido.

Todo estaba resultando bastante bien, aunque me llevaba todo el día ir solucionando problemas. Esto me mantenía lo suficientemente ocupada para no dejar que mi cabeza pensase mucho pero al llegar la noche todo cambiaba, todo volvía a la oscuridad. Las noches se hacían eternas, no conseguí pasar ninguna noche entera en mi cama, terminaba despertándome asustada y llorando. Después de despertarme le pedía a Carlos que me dejase dormir con él, él me abrazaba y todo se pasaba.

Pasé el verano estudiando para pasar las pruebas del instituto, no lograba concentrarme lo suficiente ya que las pastillas que tomaba me tenían un poco atolondrada, además al dormir mal me pasaba todo el día cansada pero no quería defraudar a Carlos, él estaba entusiasmado con la idea de que yo terminase mis estudios. Lo cierto es que le hacía más ilusión que a mí, yo prefería trabajar para echar una mano con los gastos de casa, pero Carlos no quería oír hablar del tema.

Los meses de verano fueron complicados y pasaron lentamente, pero la tormenta se iba calmando, María me estaba ayudando mucho y todo iba siendo más sencillo para mí. A veces ella me recordaba a mi madre, las dos eran igual de positivas, veían el mundo con ojos diferentes, todo tenía un porqué y había que ver el lado bueno de las cosas. Lo cierto es que comencé a ser más fuerte, el dolor seguía en mi corazón pero se alojaba al fondo, logré colocar una foto de mi familia en mi mesilla de noche, logré besarles cada noche sin tener un ataque de ansiedad, logré dormir en mi cama algunas noches, logré comenzar a vivir.

Carlos seguía a mi lado, solía llegar a casa sobre las tres de la tarde y pasábamos juntos el resto de la tarde. Solíamos ver películas, salir a pasear y algún que otro día quedábamos con sus amigos. Ellos no se tomaron mal que Carlos se hiciera cargo de mí, al principio se sorprendieron mucho pero era normal, después de algún tiempo me consideraban como una amiga y también me ayudaron mucho. Ana y Julia me acompañaron a comprar y muchas veces me ayudaban en casa, también con alguna duda que me surgían con los estudios, ellas estaban en la facultad terminando sus carreras.

La llegada de Octubre significaba la llegada de las clases y de ver a Carlos solamente por las noches, su trabajo comenzaba a ser también por las tardes. Lo cierto es que todo comenzaba a rodar solo, ya todo iba siendo más sencillo y aunque jamás olvidaría a mi familia y el dolor nunca desaparecería del todo, me iba acostumbrando a seguir adelante.

El primer día de instituto no fue muy distinto a los inicios en Carennac, la gente me miraba por ser la nueva pero yo seguía igual de tímida. Los profesores estaban muy pendientes de mí, sería por la novedad pero el caso era que me explicaban todas las cosas varias veces como si no lo entendiese bien, esto me hizo ganarme más de un enemigo en clase por ser la "pelota de la clase".

Quedaba en los descansos y algunas tardes para hacer los ejercicios o estudiar con unos amigos. Lo cierto es que más que amigos eran compañeros de clase, no existía confianza como para que les contase nada de mí pero al menos estaba acompañada.

Los meses iban pasando y me iba acostumbrando, como me anticipó Carlos, a vivir sin mi familia, el dolor de mi pecho seguía ahí pero mi vida seguía su curso, los extrañaba mucho pero continuaba caminando.

Con la entrada del invierno la Navidad estaba a la vuelta de la esquina, los días lluviosos y el frío, hacían que me sintiese más susceptible y depresiva. Carlos pasaba cada Navidad con sus amigos, en su piso, preparaban la cena y montaban su fiesta. Él me había contado en numerosas ocasiones, mientras cenábamos, sus navidades pasadas, insinuándome que le apetecería celebrarlas así pero no me llegó a preguntármelo nunca directamente. Lo cierto es que después de la pérdida de mi familia no estaba para muchas fiestas, no tenía nada que celebrar, ellos no estaban y la Navidad para mí había desaparecido, no me apetecía celebrarla.

Los días pasaron rápidamente, estábamos a una semana de Navidad, cada vez era más frecuente este tema de conversación en la cena.

- ¿Cómo vamos a pasar las navidades? ¿Te apetece algo en especial? – Carlos me preguntó tímidamente, como temiendo mi respuesta.

- No sé, lo cierto es que estas navidades no me apetece nada en especial.

- ¿No te apetecería cenar con los amigos y eso?

- No sé Carlos.

- ¿Qué hacías antes? ¿Cómo celebrabas las navidades? – estas preguntas fueron el colmo, terminaron de colmar el vaso que se iba llenando cada vez que salía el tema.

- ¿Antes? ¿Crees que esto es como antes? Las navidades son fiestas familiares, y yo no tengo familia alguna, ¿crees que tengo algo que celebrar? – mi enfado lo pilló por sorpresa, su rostro se volvió pálido y no supo que decir – Mira no me apetece seguir con el tema, voy a dormir, estoy cansada y mañana tengo que madrugar.

Él dejó su tenedor en el plato y se retiró de la mesa, fue a su habitación y salió con el abrigo.

- ¿Dónde vas? – comencé a sentirme fatal por lo que había hecho, estaba culpando a Carlos por mi desgracia, cuando lo único que ha hecho es estar a mi lado.

- Vete a dormir, yo llegaré tarde – su voz sonó enfadada, continuó su camino sin mirarme.

- ¡Carlos! – dije en modo de súplica.

- Que descanses – contestó mientras cerraba la puerta.

No pude evitar caer al suelo llorando, era de lo peor, ¿cómo podía haber contestado así a Carlos? Me quedé sola en casa sin poder dormir, pensando en lo mal que me había comportado, no sabía cómo pedirle perdón por todo, él solo pensaba en mí y yo siempre tan egoísta. En estos meses él había estado todo el tiempo a mi lado, ayudándome, intentando que sonriese, haciéndome feliz y yo en cambio respondiendo con indiferencia, caminando de un lado a otro como una zombi. ¿Estaría cansado de mí? Lo cierto es que sería lo más normal, ¿quién podría aguantarme?

El reloj movía sus agujas lentamente, mientras mis lágrimas no paraban de caer por mis mejillas, tumbada en el sofá esperando a que Carlos volviese. Marqué varias veces su móvil pero sin obtener respuesta, sin saber qué hacer ni a dónde ir. Llamé a varios de sus amigos y ninguno sabía nada, mi última opción era Julia, ella era muy buena amiga de Carlos y supuse que él podría haberla visitado.

- ¿Sí? – contestó Julia seriamente.

- Hola Julia soy Estela, ¿está por ahí Carlos? – me sentía avergonzada.

- Sí, Estela, está aquí pero no creo que pueda ponerse – su voz era firme, parecía algo enfadada.

- ¿Me puedes decir por qué no puede ponerse?

- Sí, es que se ha quedado dormido. Estaba cansado y no me parece bien despertarlo.

- Está bien, no pasa nada.

- De acuerdo Estela, hasta mañana.

No me dio tiempo a contestarle, colgó el teléfono sin esperar mi contestación, ella también parecía enfadada. Hasta este momento no me había dado cuenta de lo mal que lo estaba pasando Carlos a mi lado, no me había dado cuenta que había convertido su vida en una pesadilla, que estaba haciendo su vida tan desgraciada como la mía. Ahora todo estaba muy claro, él jamás me diría que estaba cansado de mí, jamás haría nada que me hiciese daño aunque esto conllevase el estar viviendo una vida desgraciada por mi culpa. Colgué el teléfono sin dejar que mis lágrimas volviesen a ahogarme, esto había llegado demasiado lejos y no era justo, no para Carlos.

Tomé mi abrigo y una mochila con las ideas muy claras, recogí lo imprescindible, solo para pasar unos días, solo hasta encontrar algún sitió donde empezar, algún sitio para estar sola, sola sin estropearle la vida a nadie, sola con mi desgracia. Me coloqué mi abrigo, y cerré la mochila antes de ponerla a mi espalda. Dudé en escribirle a Carlos una nota pero al final desistí, solo le dejé mi colgante sobre su mesilla, el me llamaría y algo más calmada podría justificar mi decisión.

El cielo estaba encapotado y el suelo mojado, la tarde pasó bajo la intensa lluvia y no tardaría en volverse a poner a llover. No sabía por donde comenzar mi nueva vida, no sabía hacia dónde dirigirme pero lo único que estaba claro es que no podía seguir allí. Sin pensarlo giré a la derecha en la esquina del edificio donde vivíamos, sin darme cuenta iba en dirección contraria de donde se encontraba Carlos, continué con paso firme y rápido, quizás por miedo a encontrarme con él.

Giré varias calles más, fui de un lado para otro sin saber muy bien donde me encontraba, miré mi reloj y marcaba las dos de la madrugada, todo estaba oscuro y la lluvia volvía a empapar toda la ciudad, incluyéndome a mí. Paré un momento para mirar de un lado a otro, para situarme pero no conocía el lugar, estaba completamente perdida. Caminé unos cuantos metros más hasta que a lo lejos comencé a ver unos edificios, aligeré el paso para albergarme en ellos pero al llegar cerca de uno me di cuenta que esos edificios eran naves industriales, sin duda alguna me encontraba en el polígono industrial.

Sin poder soportarlo me derrumbé y caí al suelo llorando, llevaba caminando varias horas y ahora no sabía como salir de allí. No sabía como hacerlo pero la idea de pedir ayuda a Carlos estaba descartada, ya me había ayudado bastante como para seguir metiéndolo en mis problemas.

Me levanté empapada del suelo, intentando pensar como salir de allí. Comencé a andar de nuevo, dirigiéndome hacia las naves para ver por donde me encontraba. Mi móvil comenzó a sonar, cómo no, era Carlos, dudé en cogerlo porque estaba bastante nerviosa y no sabía como justificarme. Al final descolgué el móvil aunque mis lágrimas me ahogaban y no pude decir ni una palabra.

- ¿Estela? ¿Eres tú? Estela por Dios responde –su voz sonaba desgarrada y mis sollozos llegaron a través del móvil – Cariño dime donde estas, déjame ir por ti, por favor perdóname, por favor dime dónde estás.

- No Carlos, no quiero seguir haciéndote daño.

- Por favor, dime dónde estás y hablamos, por favor – su voz se rompió y comenzó a llorar – Estela por favor, dime dónde.

- Carlos, yo...

- Por favor Estela, por favor.

- No llores por favor – no podía seguir permitiendo esto y desistí por el momento – estoy en el polígono.

- No te muevas de ahí por favor, en diez minutos estoy allí, por favor espérame.

- Estoy bien, no te preocupes, ¿de acuerdo?, estoy bien.

Colgué el teléfono e intenté entre sollozos llegar a una las entradas del polígono, a un lugar donde pudiera dar pistas a Carlos de donde estaba. Hoy estaría a su lado pero intentaría hablar con él, intentaría que el comprendiese la situación, esto ya había llegado demasiado lejos.

Carlos volvió a llamarme para ver por donde estaba, le conté algunas características de la zona y enseguida lo conoció. En menos de dos minutos unos faros me iluminaron en la oscuridad, abrió rápidamente la puerta del coche y echó a correr hacia mí. Me abrazó sin mediar palabra y los dos rompimos a llorar.

- Lo siento, lo siento mucho – dije entre sollozos.

- No pasa nada cariño, no pasa nada, tranquilízate, por favor. No pasa nada.

- Nos vamos a tener que ir – levanté mi cabeza para ver de donde venía la voz, era Julia, había acompañado a Carlos a buscarme – es tarde y está empapada.

- Sí, llevas razón, vamos a casa, vamos cariño.

Sin oponerme me dejé guiar por Carlos al asiento de atrás donde él no me dejó de abrazar en ningún momento. Cuando llegamos me ayudó a bajar del coche y cogió mi mochila, subimos al piso y me llevó hasta mi habitación.

- ¿Estás bien? – preguntó algo asustado.

- Sí, pero tenemos que hablar.

- Hoy no, por favor dejémoslo para mañana. Estás temblando de frío y estamos muy cansados. Mañana hablamos, ¿de acuerdo?

- Está bien.

- Ahora cámbiate de ropa – tomó mi rostro con sus dos manos, limpió mis lágrimas y besó mi frente.

Se marchó de mi habitación al comedor, allí se encontraba Julia, comenzaron a discutir, por supuesto el tema de discusión era yo. Me apoyé sobre la puerta de mi habitación deslizándome hasta al suelo, desde allí escuché parte de la discusión, hasta este momento Julia siempre me había apoyado pero ahora todo eso había cambiado, me había forjado su enemistad haciendo daño a Carlos. Me levanté y tomé mi pijama, tenía mucho frío y decidí darme un baño caliente para dejar de temblar.

Abrí la puerta de mi habitación y la imagen de Carlos y Julia abrazados rompió parte de mi corazón, no sé porque ni con qué derecho pero me dolió, me sentí mal, sentí estar perdiendo a Carlos y esto era muy doloroso. Crucé el comedor rápidamente con la mirada agachada, Carlos enseguida se separó de ella y limpió sus lágrimas.

- ¿Estás bien Este? – dijo antes de que entrase en el baño.

- Sí, solo quería darme un baño – me paré en la puerta sin darme la vuelta, no quería verlos juntos, no quería.

- Está bien.

Continué mi camino hacia el baño, entré y cerré la puerta para que no me oyesen llorar. Abrí el grifo del agua caliente, me quité la ropa mojada y entré en la ducha, lavé mi cuerpo y mi cabello intentando olvidar la imagen de Carlos y Julia juntos, no sé porque le estaba dando tanta importancia, eran amigos y era lógica su actitud pero me dolía verlos así. Desde el trágico día nosotros dejamos de ser pareja o al menos actuar como tales, desde que llegamos a Leganés nuestros besos y abrazos eran condescendientes.

Terminé de secar mi pelo y después de respirar hondo volví a salir al comedor, me los encontré colocando unas sábanas en el sofá.

- Espero que no te moleste Estela pero me quedo a dormir – su tono sonó desafiante pero intenté contestar relajada.

- No me importa, estás en tu casa – contesté mientras tomaba una botella de agua – Que durmáis bien, hasta mañana.

- Hasta mañana.

Me dirigí a mi habitación sin que Carlos hubiera cruzado una sola palabra conmigo. Lo miré antes de cerrar la puerta de mi habitación, seguía colocando el sofá sin prestarme mucha atención. Cerré la puerta y saqué mis pastillas para dormir, no quería pasar la noche en vela, mis manos temblaban aunque ahora no era de frío. Intenté coger mis pastillas cuando un golpe seco en la puerta me asustó.

- ¿Puedo pasar Estela? – Carlos preguntó antes de entrar.

- Sí, pasa.

- ¿Cómo estás? – preguntó mientras entraba, miró a la mesilla, vio mis pastillas y fijó su mirada en la mía - ¿qué te ocurre?

- Solo quería dormir un poco.

- No puedes tomar tantas pastillas a la vez.

- No tenía pensado tomarme todas – mentí pero que podía hacer – solo necesito dormir.

Acarició mi rostro y se abrazo a mí, yo me abracé fuertemente a él como si fuese la última vez que nos fuésemos a ver. Él notó mi desesperación e intentó tranquilizarme.

- Ya está cariño, ya estamos en casa, todo va a salir bien.

- ¿Cómo va a salir bien? Esto no está funcionando.

- ¿Por qué dices eso? ¿He hecho algo mal? Dímelo por favor, dime que está pasando.

- No eres tú, Carlos. Soy yo, no paro de hacerte daño, estás siendo infeliz por mi culpa.

- ¿Infeliz? ¡No!, es solo que ya no sé qué hacer para que seas feliz, no sé como hacerlo para que vuelvas a ser tú, para que vuelvas a ser la chica que conocí en la playa.

- Lo siento, sé que estás haciendo todo esto por mí pero no se si puedo. Lo estoy intentando, de verdad que lo intento pero los extraño mucho.

- Lo sé, pero tienes que seguir, tenemos que continuar. Déjame hacerte feliz, no quiero perderte.

- Lo siento de verdad, pensé que sin mí serías más feliz.

- No vuelvas a pensar eso jamás, no vuelvas a irte – dijo mientras me besaba en la frente, y me abrazaba – no podría soportarlo.

- No volveré a irme, te quiero.

Estas dos últimas palabras le pillaron por sorpresa, se quedó inmóvil. En ese momento dije lo que sentía, había estado conmigo los últimos cinco meses y era mi gran apoyo, estaba muy agradecida por ello pero mi corazón también había empezando a palpitar por él. Me asusté al no recibir respuesta por su parte, me retiré para verlo.

- ¿No debería haberlo dicho? – pregunté asustada por su reacción.

- Por supuesto que sí, es solo que no me lo esperaba.

- Perdona pero es lo que siento.

- ¿Porque tengo que perdonarte?

- No sé si es buen momento para decirte esto, no se si sientes lo mismo por mí o si lo sientes por otra persona.

- ¿Por otra persona? ¿Aún no te has dado cuenta? Yo llevo sintiendo eso por ti mucho tiempo. Yo también te quiero.

Me eché en sus brazos, me sentía feliz, todo había sido un mal entendido, él me quería y deseaba que estuviese a su lado. Cuando me miró le regalé una de mis mejores sonrisas, todo a su lado se iluminaba, acaricié su rostro y sin pensarlo me acerqué a sus labios y lo besé.

- Te quiero, mi estrella.

- Yo también te quiero.

- Bueno creo que deberíamos dejar algo de conversación para mañana, es tarde y tienes que descansar.

- Está bien, lo cierto es que estoy muy cansada.

- Por cierto, solo una pastilla, ¿vale?

- Vale, pero ¿y si vuelvo a despertarme?

- ¿Quieres que me quede? – dijo mientras volvía a besarme.

- Sí, por favor. No quiero estar sola.

- Dame dos minutos.

Salió fuera para hablar con Julia, lo cierto es que no entendí porque le daba explicaciones a ella. Le pidió que se fuese a su habitación a pasar la noche para que durmiese mejor, a ella no le pareció buena idea el que pasase la noche conmigo pero a partir de hoy todo iba a cambiar, iba a intentar hacer feliz a Carlos, los dos nos merecíamos una oportunidad de ser felices.

Volvió a mi habitación con su pijama, entró en mi cama y pasamos la noche abrazados, en cinco meses fue la única noche que mis pesadillas se retiraron para dar paso a la tranquilidad.

Mi Vida

La salida es solo un segundo,
lo preciso para poder tomar aire,
lo justo para relajarte.

La luz es breve,
lo preciso para dar esperanza,
lo justo para que sonrías.

Mi pozo es eterno,
lo preciso para caer,
lo justo para ahogarme.

La vida es un periodo muy corto,
lo preciso para sufrir,
lo justo para ser feliz.

Capítulo 4

Mi vida

Mi vida siempre fue muy feliz, hasta la triste pérdida de mi familia. Hasta hace poco pensaba que esa felicidad era irrecuperable, y lo cierto es que en parte era así, ahora siento otro tipo de felicidad, estoy viviendo otro tipo de vida.

Carlos y yo seguimos nuestras vidas, formando una sola. Nuestra relación iba mejorando cada día que pasaba, la complicidad entre nosotros y el amor que sentíamos el uno por el otro hizo que todo marchase viento en popa, hizo que pudiese seguir hacia delante sin miedo a nada, sin miedo a la soledad.

Pasamos las navidades en casa acompañados por sus amigos, por supuesto no fueron igual a las anteriores pero intenté que la tristeza y añoranza no me invadieran por completo. El año nuevo venía lleno de esperanza y proyectos, los dos teníamos muchas esperanzas puestas en él. Lo comenzamos con la celebración de ambos cumpleaños, ya que Carlos y yo cumplíamos años el mismo mes.

Los primeros meses pasaron bien pero llegado el mes de marzo todo empezó a complicarse, el trabajo escaseaba y Carlos estaba muy agobiado, yo intentaba calmarlo cuando llegaba mal a casa pero mis intentos eran en vano. Él que desde los dieciséis años había empezado a trabajar, nunca se había visto en esta situación, nunca había visto tambalear su futuro.

Sobre el quince de abril, Carlos fue despedido, la empresa quebró y todos los trabajadores se quedaron en la calle y con una miseria de indemnización. La situación era caótica, Carlos se pasaba todo el día de un lugar a otro buscando algún lugar donde poder trabajar, varias veces le hablé de la posibilidad de buscarme un trabajo para echar una mano en casa mientras durase esta situación pero cada vez que sacaba el tema Carlos y yo terminábamos discutiendo, siempre me decía lo mismo, siempre echaba todo el peso de nuestras vidas en su espalda. Sin que él se diera cuenta yo sacaba algo de dinero, del que mis padres me dejaron, para ir a comprar, siempre le decía que era del que había ahorrado, aunque ese se había terminado hacía días.

La desesperación de Carlos iba en aumento mientras que nuestros ahorros iban decreciendo a una velocidad de vértigo, los gastos de casa y las letras del coche seguían llegando dejándonos en números rojos.

- Esto no puede seguir así, – dijo Carlos desesperado – voy a aceptar un trabajo que me ofrecieron hace unas semanas.

- ¿De qué se trata? No me habías comentado nada.

- No, no te lo comenté porque no pensé que tuviera que aceptarlo pero visto como está la situación es nuestra única salida.

- Pero ¿de qué se trata?

- Bueno es un trabajo nocturno, es de camarero en un pub, trabajaría todos los días y llegaría tarde a casa, por eso lo había descartado, no quería dejarte sola pero ahora no tenemos otra opción.

- Bueno podrías preguntar si necesitan a alguien más y así no me dejarías sola.

- Ya te he dicho mil veces que no, que quiero que sigas estudiando y éste no es un trabajo para alguien como tú.

- Está visto que ningún trabajo es para mí.

- No discutamos otra vez, por favor.

- No quiero discutir pero creo que es una buena solución.

- Dejemos el tema, ¿de acuerdo?

Nuestras conversaciones sobre el trabajo siempre terminaban igual, dejando el tema. No me gustaba pasar la noche sola pero lo cierto es que la situación se estaba volviendo insostenible.

Las noches de la primera semana se hacían eternas esperando a Carlos medio dormida en el sofá, había noches que ni me despertaba y se iba directamente a su cama, llegaba muy cansado y con mal humor. Yo no sabía como arreglar la situación, aunque económicamente todo había mejorado, incluso para darnos algún que otro capricho pero nuestra relación estaba desapareciendo. Solamente nos veíamos un rato por la tarde, por la mañana yo tenía clase y Carlos descansaba, sobre las tres lo despertaba para comer, el resto de la tarde la pasaba viendo el televisor, sobre las ocho desaparecía de casa para ir a trabajar. Nuestras pocas conversaciones siempre se enfocaban a mis estudios, nunca me contaba nada de su nuevo trabajo, decía que era muy aburrido y no había nada que contar.

Definitivamente esto iba de mal en peor, Carlos se pasaba trabajando toda la semana sin descanso y yo en cambio sin aportar nada, estaba decidido, iba a trabajar. Busqué en varias tiendas pero nada de nada, paseando por una de las calles vi a un señor colocando un letrero en una armería, necesitaban un dependiente, yo no tenía ni idea de armas ni nada por el estilo pero necesitaba trabajar para ayudar a Carlos, para que él pudiese descansar algún día.

Entré decidida. Un señor bastante mayor estaba terminando de colocar el cartel, su aspecto me recordaba a los típicos abuelitos que aparecen en televisión.

- Dígame señorita – dijo el señor muy amablemente.

- Venía por lo del anuncio que tiene usted en la puerta, ¿necesitan dependienta?

- Bueno, pues sí. ¿Sabe usted algo de armas?

- Lo cierto es que no sé nada, pero aprendo muy rápido – dudé pero al final lo confesé – Necesito el trabajo.

- Déjeme pensarlo, este trabajo necesita responsabilidad y además no voy a poderle pagar mucho, solo sería por las mañanas.

- Estupendo, por las mañanas me vendría genial, piénselo por favor, mañana me pasaré para ver que ha decidido.

- De acuerdo pero no le prometo nada.

Salí de la armería con muchas esperanzas y sonriendo, hasta recordar que a Carlos no le parecería buena idea y aún necesitaba su consentimiento para trabajar, con diecisiete todavía era menor. Lo pensé mientras volvía a casa, no le diría nada hasta no tener el contrato en mis manos, no iba a ceder, fuese como fuera tenía que trabajar.

Al día siguiente volví, cuando entré el señor me sonrió y supe la respuesta, la primera parte se había pasado con éxito, por supuesto se extrañó cuando supo mi edad pero le expliqué todo y me comprendió. Aún quedaba lo peor pero hasta la tarde no me daban el contrato para que Carlos lo firmara, pensé en esperar a la comida del día siguiente pero al final me decidí por hacerlo esa misma noche.

Le esperé en el sofá con los ojos como platos, nerviosa por tener que enfrentarme a él pero estaba más que decidido. Miré el reloj, marcaban las cinco y media, miraba a la puerta una y mil veces hasta que por fin se abrió.

- ¿Qué haces levantada? – su voz sonó agria y hostil.

- Te esperaba, necesitaba hablar contigo.

- ¿No puede esperar? Estoy agotado.

- No te haré perder mucho tiempo – contesté enfadada, estaba cansada de su pasotismo – Solo quiero que firmes esto.

- ¿Qué es esto? – dijo mientras me lo quitaba de las manos – Esto está más que hablado, ya sabes mi respuesta.

- Tu respuesta no me vale.

Lanzó el contrato al suelo y se dirigió a la habitación.

- Firma ese contrato Carlos.

- Ya te he dicho que no, – me gritó – sigue estudiando.

- No me des órdenes – le contesté también gritando – Tu decides, trabajaré con o sin contrato, me da igual lo que pienses.

- ¿Esto es lo que quieres? – dijo mientras se agachaba a coger el contrato – No te preocupes no te voy a dar más órdenes.

- Carlos yo ...

- Ya lo tienes, no quiero escucharte más – me lanzó el contrato después de firmarlo – Estoy cansado de toda esta mierda.

Sin mediar palabra cogí mi contrato y me fui a mi habitación. Entré en ella dando un fuerte golpe al cerrar la puerta, me dolió mucho lo que dijo pero en parte lo entendía, hacía meses que todo iba mal. Pasé toda la noche llorando no pude conciliar el sueño, sobre las siete y media sonó mi despertador y entré en la ducha para poder despejarme, mis ojos estaban hinchados y la cabeza me iba a explotar.

Mientras estaba en la ducha pensé en lo ocurrido y aunque entendía que Carlos estaba cansado yo también lo estaba y no por ello culpaba a nadie, había cosas que no entendía, no sabía si también estaba cansado de mí. Intenté pensar en la forma de solucionarlo, no quería sentirme así de mal, no quería que Carlos estuviese enfadado conmigo. Terminé de arreglarme y maquillarme para intentar disimular mis ojos hinchados, salí del baño y antes de tomar el desayuno entré en la habitación de Carlos, estaba dormido, tumbado encima de las sábanas, tapado solamente por un bóxer de color negro. Entré sin hacer ruido, me arrodillé a su lado y besé sus labios, sin poder evitarlo una lágrima comenzó a deslizarse por mi mejilla.

- Te quiero – dije balbuceando – lo siento mucho, lo siento.

- Yo también lo siento – dijo mientras me abrazaba – siento haberme puesto así, perdóname, no sé que me pasó.

Mis lágrimas volvieron a brotar a borbotones, Carlos intentó consolarme pero necesitábamos hablar, hablar largo y tendido para aclarar todo, para quedarnos tranquilos, para que todo volviera a ser como antes. Intenté varias veces comenzar a hablar pero Carlos me interrumpía diciendo que lo olvidásemos todo, que no volvería a pasar, al final lo dejé correr.

- Carlos, tengo que marcharme, a las nueve entro a trabajar.

- ¿Por qué no lo dejas? Sigue estudiando, con lo que yo gano podemos ir tirando.

- Necesito hacerlo, no quiero que te pases todo el día fuera de casa. No quiero que andes todo el día como un zombi de un lado para otro, necesito estar contigo.

- Sé que te he dejado un poco sola pero es que necesito tiempo para acostumbrarme a esto.

- Está bien, pero al menos déjame que ayude en algo.

- Ya ayudas bastante, pero lo dejaré a tu elección aunque ya sabes que no estoy de acuerdo con esto.

- Tengo que irme, ya hablamos cuando llegue, ¿de acuerdo?

- Venga, que pases un buen día.

- Te quiero.

- Yo también te quiero.

Después de darle un beso salí de su habitación, retoqué mi maquillaje, tomé una fruta y me dirigí a mi nuevo trabajo, estaba entusiasmada, era mi primer trabajo y además por fin iba a ayudar en casa. La mañana pasó bastante rápida, Vicente que así se llamaba el propietario de la armería, comenzó a explicarme sobre caza, armas de competición, balas y cartuchos que usaban, miras y demás artículos. En un principio me costaba seguirle pero al final lo conseguí. Sobre las once atendí a mi primer cliente, que por cierto quedó bastante satisfecho de mi trabajo.

Después de este primer día, comencé a leer libros sobre algunas armas y la verdad es que me empezaron a resultar muy interesantes, era una forma entretenida de pasar las horas solitarias en casa. A las pocas semanas me permitía incluso dar algún que otro consejo a los clientes que volvían para decirme lo bien que les había ido.

Carlos seguía en sus trece, llegaba tardísimo a casa, a penas nos veíamos y siempre estaba cansado. Más de una noche conseguí quedarme despierta hasta que entraba en casa, llegaba raro, su actitud era extraña y más de una vez pensé que había bebido algo más de la cuenta pero me acercaba a él y no olía a alcohol. Una de las noches que lo esperé no pude soportarlo y le pregunté.

- Otra vez levantada.

- Sí, estaba esperándote.

- Pues ya he llegado, me voy a dormir que estoy cansado.

- ¿Qué te ocurre Carlos?

- Nada, ¿qué me va a ocurrir?

- ¿Has bebido? – pregunté algo cortada, no quería que se pensase que lo estaba intentando controlar.

- Bueno, ¿qué es esto?

- Solo quiero saber porqué vienes así.

- Acaso eres mi madre para que tenga que darte explicaciones.

- Yo solo ...

- Déjame Estela no estoy para tus paranoias, es tarde.

Me estaba cansando de esta situación y no sabía como arreglarlo, Carlos estaba imposible, no se podía hablar con él y mucho menos cuando llegaba de trabajar.

Por la mañana cuando fui a su habitación para despedirme de él no se encontraba, en su cama había una nota donde se disculpaba por lo sucedido y me decía que en la comida nos veríamos. Intenté localizarlo por el móvil mientras iba al trabajo pero no tenía cobertura, desistí y entre en la armería a hacer mi trabajo.

La mañana pasó tranquila, no entraron muchos clientes con lo cual aprovechamos para colocar los nuevos artículos que habían llegado y arreglar algún que otro papel. Después de mi tranquila jornada me dirigí a casa con la esperanza de que a Carlos se le hubiera pasado el mal humor, pero ni siquiera se encontraba allí.

Pasaban los meses y cada vez veía menos a Carlos, cuando llegaba de trabajar él ya se había marchado y cuando llegaba él yo ya estaba dormida. Vicente me ofreció unos días de vacaciones, decía que había estado trabajando mucho y que me merecía descansar, el caso es que me pareció buena idea, le pedí una semana, pronto sería el aniversario de la muerte de mi familia y prefería pasar esos días en casa, a ser posible con Carlos, además también llegaba una fecha muy especial para Carlos, esta vez no habría playa pero estaríamos los dos juntos, los dos viendo el amanecer de Sirius.

Por fin llegaron mis vacaciones, quería darle la sorpresa a Carlos, contarle que tendría toda una semana para estar a su lado, para pasar cada segundo del día cerca de él.

Con mi mejor vestido, maquillada y peinada para la ocasión, me tumbé en el sofá esperando a Carlos para contarle la gran noticia, para decirle todo lo que le quería, para intentar dar a nuestro amor una segunda oportunidad. Hoy Sirius amanecería junto al Sol, y yo amanecería al lado de Carlos. Esperé nerviosa levantándome cada cinco minutos para asomarme por el balcón. Llegadas las seis de la madrugada no pude soportarlo y llamé a su móvil, no podía creerlo estaba desconectado, dudé unos minutos pero los nervios y la preocupación pudieron conmigo.

Salí a la calle sin saber muy bien por donde comenzar, Carlos era tan reacio a hablar de su trabajo que ni siquiera sabía el pub donde trabajaba. Me paseé por todos los pub de la zona de copas sin éxito ninguno, volví a llamar a su móvil pero seguía desconectado. Decidí volver a casa, quizás había llegado y estaba dormido. Comencé mi camino de vuelta cuando unos pasos seguían de cerca los míos, nerviosa aligeré mi paso.

- ¡Eh! Preciosa no corras - una voz ruda sonó entre risotadas mientras yo aligeraba mi paso.

- ¡Eh! Para un momento, solo queremos hablar contigo - sonó otra extraña voz.

- ¡Dejadme en paz! - dije con voz hostil mientras subía las escaleras que daban a la plaza.

Dos sombras aparecieron a mi lado asustándome nuevamente, miré aterrada hasta descubrir de quien se trataba.

- ¿Qué haces aquí Estela?

- Carlos - dije relajada - he estado buscándote, ¿dónde estabas?

- Ya es mayor para perderse, ¿no crees?

- ¿Julia? ¿qué haces tú aquí?

- Eres tú la que no deberías estar aquí.

- ¿Qué? - ¿qué estaba ocurriendo aquí? ¿qué hacía Carlos a estas horas con Julia? - ¿qué está ocurriendo aquí Carlos? ¿Puedes explicármelo?

- No te montes paranoias Estela, vamos a casa.

- Suéltame, sé ir sola a casa, no te preocupes, no molesto más.

- Eso deberías hacer, dejar de molestar y de hacer la vida insoportable a los demás.

- ¡Julia ya basta! - gritó Carlos mientras mi boca se abría de par en par.

- ¿Hacer la vida insoportable? ¿Eso es lo que estoy haciendo contigo? - noté como mis ojos se poblaban de lágrimas, intenté por todos los medios no derramar ni una sola, no delante de ellos - ¡Contéstame!

- Vamos a casa, por favor.

- ¡Contéstame! - volví a gritar mientras me separaba de él.

- Ya basta Estela, no me montes numeritos a estas alturas.

- ¿Numeritos? - sonreí irónicamente - A partir de hoy ya no te voy a montar más numeritos, quédate tranquilo.

- Estela vamos a casa - volvió a decirme mientras sujetaba mi brazo.

- No me toques - dije mientras soltaba mi brazo de un tirón - Yo tengo que ir a trabajar y no me apetece ir contigo a ningún sitio, así es que déjame en paz.

- Estela por favor.

- Por favor nada, sigue divirtiéndote, ya no molesto más.

- Estela.

- Déjala que se marche, es lo mejor - dijo Julia mientras lo sujetaba.

Sin más vacilaciones di media vuelta y me marché por donde había venido. Miré varias veces a mi espalda esperando que las manos de Carlos me sujetaran y tranquilizaran pero nada. Miré donde lo había dejado y él seguía allí abrazado a Julia y sin intención ninguna de venir tras de mí. Esa imagen se clavó en lo más profundo de mi ser haciendo que mis lágrimas brotasen, eché a correr sin saber muy bien donde ir.

Sin darme cuenta había llegado a la puerta de la armería, el Señor Vicente estaba allí abriendo la tienda como cada mañana sobre las siete para recoger los pedidos.

- ¿Qué haces aquí Estela? Estás de vacaciones.

- Lo sé Señor Vicente pero he decidido que mejor sigo con el trabajo.

- ¿Qué te ocurre mi niña? ¿Qué te preocupa? - dijo subiendo mi rostro para poder mirarlo.

- No se preocupe por mí, es solo que he discutido con Carlos -. No quería entrar en más detalles, aún no entendía bien que había ocurrido, hasta esta noche no me había dado cuenta de lo mal que estaba nuestra relación.

- Bueno, no te preocupes mi niña seguro que es pasajero. No le des más importancia de la que tiene.

- No se preocupe se me pasará - en estos meses de trabajo le había cogido mucho cariño al Señor Vicente, era como el abuelo que nunca tuve, siempre dando consejos y tranquilizándome - voy a lavarme la cara, vuelvo enseguida.

Pasé al baño a limpiar mi rostro, a quitar todo resto de esta pesadilla de noche, a intentar dejarlo todo a un lado hasta la hora de encontrarme con Carlos. Esa hora iba a ser muy dura pero necesitaba conocer la verdad, necesitaba que él confiara en mí, lo necesitaba.

Pasé el resto de la mañana dándole vueltas a todo lo ocurrido, pensando una y mil veces en las palabras de Julia, pensando en si eran verdad. ¿En realidad le estaba haciendo la vida imposible a Carlos? ¿Cómo no me había dado cuenta? Esto era más doloroso de lo que yo pensaba, Carlos era a la persona que más quería en este mundo, era la única familia que me quedaba y yo estaba haciendo de su vida un infierno. ¿Cómo había llegado a este extremo? ¿Cómo podía estar tan ciega? Su mal humor, su ausencia, no eran fruto del trabajo, en realidad eran por los malos momentos, malos momentos que comenzaron cuando me vine a vivir con él.

Todo estaba claro, no sé como pude estar tan ciega, no sé como pude pensar que él sería capaz de avisarme cuando se cansase de todo, no sé como no me di cuenta antes. Esto iba a ser muy doloroso pero tenía que hacerlo, tenía que terminar con la tortura de Carlos, tenía que hacerlo. No sé si seré capaz de volver a mirar esos ojos, no sé como hacerlo más fácil para ambos, no sé que hacer.

La cabeza me iba a estallar, la mañana llegó a ser la continuación de la pesadilla nocturna. Mil imágenes se pasearon por mi mente, mis padres, mi hermano, Carlos, Julia, todo esto me producía un estado de ansiedad que hacía tambalear todo mi cuerpo, la soledad volvía para invadir mi cuerpo, para vaciar mi alma, para borrar cualquier signo de felicidad, cualquier recuerdo de cariño, cualquier momento que me retuviese en este mundo.

Mientras mi cuerpo seguía temblando, miré hacia la vitrina del fondo, tomé la llave del cajón y tambaleándome logré llegar hasta ella. La vitrina estaba llena de pequeñas pero potentes armas cerré mis ojos tomando una de ellas. Era una pistola semiautomática, con cargador en la culata, era de calibre pequeño y corto alcance. No necesitaba más, la tomé fuertemente con mi mano mientras con la otra buscaba desesperada su munición, mi mente solo tenía un propósito, no podía pensar en otra cosa, ésta era la medicina que terminaría con todo este dolor.

Tomé varias balas y las introduje en el cargador como pude, mi cuerpo seguía temblando, saqué fuerzas de donde pude y entré el cargador en la culata.

- ¿No sabes que estos aparatos los carga el diablo? - me estremecí entre unos brazos desconocidos - Tranquilízate y dame ese trasto.

Su mano acarició mi brazo hasta llegar a la pistola, su tacto, su voz y su olor, hicieron que mi corazón intentase salir de mi pecho, hicieron que volviese a latir fuertemente. Miré al cristal de la vitrina descubriendo un rostro desolado, lleno de lágrimas y fuera de sí, al lado de este rostro había otro alargado y sereno, ojos oscuros y bella sonrisa.

- Dámela.

- No - dije entre sollozos.

- Shhhh, cierra los ojos - dijo mientras me abrazaba, acariciando mi rostro consiguiendo que cerrase mis ojos dejando mi cabeza apoyada en su pecho - piensa en la persona que más quieras.

El fuerte latido de su corazón y su cuerpo junto al mío me llevaron a estar entre nubes, me llevaron al lado de mi madre. Ella me sonreía mientras las lágrimas desaparecían de mi rostro. Se acercó a mí, besó mi mejilla y susurró en mi oído "lucha, no te rindas".

Noté como sus dedos deshacían la unión entre el arma y mi mano, la retiró suavemente de mi lado. Mi cuerpo comenzó a temblar nuevamente, la situación me superaba y mis rodillas se rindieron. Sus brazos me atraparon en el aire elevándome hasta su pecho.

- ¿Quién eres? - dije mientras luchaba por abrir mis ojos.

- Tu ángel - respondió la más bella de las voces con un beso en mi frente.

Desperté tumbada en el sofá de la trastienda, todo parecía ser un mal sueño, me sentía tranquila y con ganas de seguir adelante. Su rostro, su voz y su olor, seguían en mi mente, me levanté susurrando sus últimas palabras "tu ángel". De pronto la puerta se abrió.

- ¿Estela? ¿Aún sigues aquí?

- Señor Vicente, si se me ha hecho un poco tarde - de pronto vino a mi mente la vitrina, de donde había sacado la pistola, todo estaría descolocado- márchese ya cierro yo.

- Está bien, la verdad es que tengo algo de prisa. Bueno mañana nos vemos.

- De acuerdo, hasta mañana.

Volví rápidamente al interior de la tienda, me sorprendí al ver que todo estaba en orden. La vitrina cerrada con el arma en su interior, la llave dentro del cajón donde siempre estaba, nada había cambiado, todo seguía como esta mañana. ¿Habría sido un sueño? No estaba segura de nada, no sabía si todo esto era real o no.

Aún pensando que todo podía haber sido un sueño, mi ángel no se marchaba de mi mente, todo había sido tan real, su tacto, su olor, todo. Di varias vueltas por la tienda intentando buscar algún indicio que me demostrase que aquello no había sido un sueño, pero nada.

Me di por vencida y salí de la tienda, miré mi reloj que marcaba las cinco y media de la tarde, lo cierto es que no sabía donde ir, Carlos seguiría en casa hasta las ocho y no me apetecía verle, estaba segura de que no iba a poder soportar una discusión más. Paseé dando vueltas sobre los mismos lugares, el sol abrasador del mes de julio era insoportable pero era la única salida para no volver a casa. Continué mi paseo hasta el parque situado al lado de la vía del tren, antes de llegar al banco mi cuerpo se tambaleó, nublándose mi vista, a duras penas conseguí sentarme.

- ¿Estás bien Estela? ¿Qué te ocurre? - sonó su voz, era Carlos.

- Estoy bien.

- ¿Dónde andabas? He ido a buscarte al trabajo, me tenías preocupado - su voz era un susurro de perdón.

- Estaba dando un paseo.

- ¿A las cinco de la tarde?

- Déjalo Carlos, ya vale.

Intenté levantarme para marcharme pero mi cabeza volvió a darme vueltas, sin pensárselo Carlos me sujetó por la cintura.

- Estela ¿qué te ocurre?

- Suéltame, estoy bien.

- ¿Cómo que estás bien? No ves que no puedes ni caminar.

- Suéltame te he dicho, quiero irme.

- Por favor, déjame que te ayude. Vamos a un médico.

- Estoy bien Carlos, deja de preocuparte por mí, ¡déjalo ya!

- ¿Que te deje? ¿Eso quieres?

- Me marcho, vuelvo a Francia.

- ¿Qué? ¿Qué estás diciendo Estela? - me sujetó fuertemente y elevó mi rostro hasta que mis ojos se clavaron en los suyos - Mírame y dime que no es cierto, dime que no te marchas.

- Suéltame Carlos, suéltame.

- Tenemos que hablar, Estela esto no puede terminar así - sus ojos se poblaron de lágrimas y me soltó - Lo siento, lo siento mucho, jamás quise hacerte daño, por favor déjame llevarte a casa, por favor dame una oportunidad.

No pude negarme, él estaba tan destrozado como yo, no sé como pudimos llegar a esto. Nuestras vidas estaban rompiéndose y lo peor es que nada parecía tener solución. Llegamos a casa en dos minutos, subimos las escaleras en silencio, sin mirarnos, al llegar al sofá los dos nos sentamos, uno al lado de otro sin saber como empezar.

- ¿Qué es eso de que te marchas? - comenzó temeroso Carlos.

- Pues que me marcho, ya va siendo hora de empezar a vivir mi vida y dejar vivir a los demás.

- ¿No estás bien aquí?

- No es cuestión de si yo estoy bien.

- ¿A qué te refieres, Este?

- Es muy fácil Carlos, tu necesitas espacio, necesitas vivir sin preocupaciones.

- ¿Qué? Te estás guiando por lo que dijo Julia.

- ¿Estás con ella?

- Estela, lo siento, sé que no he hecho bien pero no he estado bien, ella ha estado a mi lado y surgió.

Aunque es la respuesta que me esperaba el mundo se me vino encima, ya no sabía qué hacer, no sabía con que cara mirarlo, estaba avergonzada de no haber estado a su lado.

- Yo intenté no preocuparte y lo único que logré fue apartarte de mi lado, todo esto se me fue de las manos, Estela, lo siento tanto - sus lágrimas volvieron a brotar - dime cómo puedo arreglar todo esto, por favor, ayúdame, yo te necesito.

- Carlos, yo lo siento, no sé como ha surgido todo, me duele mucho no haber estado a tu lado pero yo lo he estado intentando durante todos estos meses, pero nunca tenías tiempo. Siento no haber estado cuando más falta te he hecho, me avergüenzo de ello.

- No Estela, no es culpa tuya.

- Sí es culpa mía, desde que me vine a vivir contigo tu vida se empezó a complicar, solo te he traído problemas.

- Eso no es cierto, soy un imbécil. Por favor perdóname.

- Carlos, yo no quiero seguir destrozándote la vida, lo mejor será que me marche.

- Yo no voy a poder seguir sin ti, necesito tu ayuda, necesito salir de este pozo, te necesito. Perdóname por favor, no me abandones, por favor.

Su cuerpo comenzó a temblar, mientras se arrodillaba delante de mí, se abrazó a mí fuertemente sin poder parar de llorar.

- Estoy aquí Carlos, estoy aquí. No me marcharé si me quieres a tu lado pero vamos a dejar de hacernos daño, déjame que te ayude, dime qué te ocurre.

- Estoy muy avergonzado, ya no voy a hacerlo más, de verdad pero no te vayas.

- ¿Qué está ocurriendo Carlos? ¿qué te ocurre? - imaginaba que se trataba de la bebida, más de una noche entró en casa tambaleándose y de mal humor - Cuéntame que pasa.

- Yo, yo... - entró su mano en el bolsillo y puso sobre mi vestido varias bolsitas - lo siento. Te quiero y no quiero perderte.

- ¿Qué es esto? - miré asustada las bolsitas, nunca habría imaginado que se trataba de esto - ¿Cocaína?

- Lo siento pero lo voy a dejar, de verdad, ayúdame.

- Dios mío, Carlos, ¿cómo hemos llegado a esto?

Nos abrazamos fuertemente durante varios minutos, los dos llorábamos sin mediar palabra, yo no podía creer lo que estaba pasando, no podía creer que no me hubiera dado cuenta. De todo esto solo tenía una cosa clara, Carlos me necesitaba y no iba a dejarlo, iba a estar a su lado siempre que él así lo quisiera.

Esa noche dormimos abrazados el uno al otro, con varios argumentos convencí a Carlos de que no fuese a trabajar, necesitábamos tiempo para los dos y estaba convencida de que en parte el trabajo tenía culpa de su entrada en ese maldito mundo de las drogas.

La noche fue muy larga, la cabeza no me dejó cerrar los ojos. El día había sido una completa pesadilla, todo se estaba derrumbando a mi lado y yo sin darme cuenta. Estaba tan cegada con mi desgracia que ni siquiera había sido capaz de darme cuenta de las desgracias de los demás, le he fallado a la única persona que ha estado a mi lado, he dejado que cayese en la desesperación.

No sé cómo lo solucionaré pero ayudaré a Carlos aunque en ello me lleve la vida pero él es lo único que me queda y lucharé por él.

Desesperación

Salidas nocturnas
que con su polvo blanco
nublan la belleza de la Luna.

Oscura adicción
que cierra tus ojos
y tu corazón.

Sangre ardiente
que quema con dolor
a toda tu gente.

Dura desesperación
cuando ves tu mundo
partido en dos.

Capítulo 5

Desesperación

Después del aniversario de la muerte de mi familia, otro problema invadió en mi mente, nos esperaban días de tormento y desesperación, meses para que Carlos se curase de esta adicción.

Los primeros días fueron duros pero pasamos las noches hablando e intentando mantener nuestras mentes ocupadas. Es muy duro ver a la persona que quieres empapado en sudor y temblando, agresivo y desesperado por no darle a su cuerpo lo que le está pidiendo. La situación estaba llegando al límite, Carlos ponía todo de su parte pero su cuerpo y su cabeza iban separados. Pasamos casi una semana sin dormir, con la puerta del piso cerrada con llave para evitar tentaciones, uno al lado del otro apoyándonos, siempre a su lado.

Después de una noche casi tranquila, me vi obligada a salir de casa, la nevera estaba casi vacía y las reservas se agotaban. Carlos estaba dormido en la habitación, después de tantas noches sin dormir por fin había sido capaz de conciliar el sueño. Besé su frente y decidí dejarlo descansando, salí a comprar lo preciso y para volver enseguida.

Bajé las escaleras y fui al supermercado que estaba al lado de la armería, donde tendría que pasarme para darle alguna explicación al Señor Vicente.

- Buenos días Señor Vicente.

- Hombre Estela, ¿qué te ha ocurrido?

- Lo siento, sé que dije que no iba a tomarme las vacaciones pero me ha surgido un problema y no puedo venir por ahora.

- ¿Es Carlos?

- Sí - sollocé - él no está bien y me necesita.

- No te preocupes mi niña, cuando quieras puedes volver, ahora atiende tus problemas que yo podré con esto.

- Gracias, muchas gracias.

Me di la vuelta y sin querer volví la vista hacia la vitrina, hacia el arma con el que tan egoístamente pensé quitarme la vida pero la pistola no estaba allí, había desaparecido.

- Señor Vicente, falta una pistola de esa vitrina - dije asustada.

- Ah sí, no te preocupes. La vendí hace días.

- ¿Hace días?

- Sí, vino un joven. No sé, fue algo extraño, dijo que se la llevaba para que manos inocentes no la tocasen.

- Dios mío - dije asombrada.

- ¿Ocurre algo con esa pistola?

- No, no. Era solo curiosidad, tengo que marcharme.

- Está bien, hasta otro día.

- Hasta otro día.

Su rostro volvió a mi mente como si lo estuviera viendo en ese momento, ¿habría sido él? ¿habría sido mi ángel? Aún dudaba si lo ocurrido fue real o solo un sueño, pero quién si no iba a querer esa pistola, quién si no. Todo mi cuerpo se estremeció al recordar su voz, su olor, sus brazos, mi corazón se desbocaba cada vez que pensaba en él.

Volví a casa lo más rápido que pude, al llegar a la puerta de casa escuché voces más altas de lo normal, me apresuré a abrir la puerta para ver que ocurría.

- ¿Qué haces tu aquí? - dije sin mediar más palabras.

- Soy su amiga y he venido a verle.

- Quiero que te largues de aquí inmediatamente.

- Ésta no es tu casa, solo estás aquí recogida.

- ¡Julia, vete! - intervino enfadado Carlos - no quiero volver a verte.

- ¡¿Qué?! La prefieres a ella, solo la conoces hace un año, no ves que en cuanto no le convengas te va a dejar tirado, ¡no lo ves!

- ¡Te he dicho que te marches!

Sin más dilación dio media vuelta y con un fuerte golpe cerró la puerta. Dejé las bolsas en el suelo y me eché en los brazos de Carlos.

- Lo siento Este.

- No te preocupes, no pasa nada. Solo quiero que tú estés bien.

- Ella acaba de llegar, hemos estado discutiendo y no quiero volverla a ver, no quiero a nadie ni nada que se interponga entre nosotros.

- Nada ni nadie lo hará, ¿vale? Solo tenemos que permanecer unidos, siempre unidos.

Coloqué la compra en la cocina sin dejar de darle vueltas a lo ocurrido, ¿a qué vino Julia? ¿qué quería? Carlos había demostrado una y mil veces su amor hacia mí y yo tenía que confiar en él, me confesó su error, por mí y por él debía darle una oportunidad.

Pasamos la tarde paseando por el parque que está debajo de casa, todo era tranquilo, relajado, todo era perfecto. Nada atormentaba nuestras mentes, abrazados permanecíamos sentados en uno de los bancos, no hacía falta nada más para ser felices, él y yo, los dos solos sin problemas, queriéndonos.

Subimos al piso cuando comenzó a anochecer, mientras yo preparaba la cena Carlos entró en el baño a darse una ducha. Hacía días que la tarde no era tan tranquila, hacia meses que no disfrutábamos de nuestro amor. Mientras preparaba la cena recordé a mis padres, ellos siempre estaban juntos, siempre disfrutando de su amor sin embargo yo no sabía como hacerlo, no sabía como permanecer a su lado, no sabía como ayudarle.

Después de cenar nos tumbamos en el sofá, su mirada, sus caricias, sus besos, el sentirme querida es lo único que necesitaba para seguir luchando, para seguir a su lado.

Desde que vine a vivir con Carlos nuestra relación había sido casi de familiares, pocas veces nos comportábamos como pareja. Muchas veces pensé que él no lograba verme como mujer, que intentaba mantenerse alejado y cuando estábamos juntos ponía distancia si pensaba que iba a perder el control. Quizás este era uno de los motivos de su relación con Julia y esto me dolía, me dolía mucho.

Carlos se fue a la cama mientras yo me daba una ducha, la cabeza no me paraba de dar vueltas, yo quería a Carlos y lo necesitaba, lo cierto es que no sabía como iba a reaccionar ante mi actitud pero debía intentarlo, debía romper ese muro entre nosotros.

A la mañana siguiente salí de casa decidida a buscar algo más que mis pijamitas de dibujitos, algo que impresionara a Carlos, algo que hiciera que me viese como una mujer, que me deseara. Entré en varias tiendas de lencería y al final me decidí por un camisón de seda negra, corto y sensual, perfecto para impresionarlo.

Pasé todo el día nerviosa sin saber muy bien qué hacer ni qué decir, pensando mil veces cómo hacer para que todo surgiera sin más. Carlos más de una vez me preguntó que me ocurría pero yo solo sonreía. Llegó la hora de la cena y Carlos me miró extrañado.

- ¿Qué te ocurre cariño? Llevas todo el día un poco extraña.

- Nada, estoy bien, no te preocupes. Vamos a cenar, estoy un poco cansada y me apetece irme pronto a la cama.

- Está bien, yo también ando algo cansado.

Me marché al baño dispuesta a cambiar por completo mi imagen de niña, coloqué el camisón sobre mi cuerpo y recogí mi cabello. Respiré hondo varias veces, intentando calmar los nervios que recorrían mi estómago. Entré en la habitación con la luz apagada, Carlos ya estaba en la cama y yo temía su mirada, me acerqué a él en silencio, hasta llegar al extremo de la cama. Acaricié su pierna, deslizando mi mano hasta llegar a su pecho, su mano se posó en mi cintura guiándome hasta su lado, él se recostó en el cabecero de la cama, quedando sus labios a la altura de los míos. Acarició mi rostro con sus dos manos uniendo nuestros labios, sus manos bajaron por mi espalda deslizándose sobre la suave seda.

- Te quiero - dije mientras sus labios bajaban por mi cuello.

- Yo también te quiero, eres mi vida - dijo mientras se inclinaba para encender la luz - Dios mío, estás preciosa.

Sus ojos recorrieron sorprendidos todo mi cuerpo, sus manos acariciaban mis brazos hasta dejar todo mi vello de punta, clavó sus ojos en los míos y sonrió.

- Hacía tiempo que no veía ese rosado en tus mejillas.

- Shhhh - dije mientras tapaba sus labios con los míos.

Me tomó en sus brazos hasta hacerme quedar bajo él, sus labios recorrieron mi cuello, bajando por mis pechos hasta llegar a mi cintura, sus suaves labios y su respiración entrecortada me hacían arder. La seda negra se deslizó sobre mi cuerpo hasta caer en el suelo, su torso desnudo se apoyó sobre mi fundiéndonos en uno solo. Sus besos y caricias hacían estremecer mi cuerpo, cada centímetro de mi piel estaba cubierta por él, su olor se impregnaba en todo mi ser.

Como si de un solo ser se tratase nuestros cuerpos estaban unidos por nuestro amor, estaban fundidos por el calor de la noche, estaban brillando con la luz de la luna, estaban llegando a la locura. Sus besos y caricias no cesaron hasta devolverme a la lucidez.

Pasamos la noche abrazados el uno al otro, sobre las tres de la madrugada el sonido estridente del móvil nos despertó sobresaltándonos. Carlos cogió su móvil y fue hacia el baño, esperé en la cama algo asustada, era tarde y no imaginaba qué podía pasar.

- ¿Ha pasado algo, Carlos?

- No, no te preocupes. Llaman del pub, me necesitan, les ha fallado otro camarero y tengo que ir.

- ¿Ahora?

- Sí, Estela. Llevo sin aparecer por allí varias semanas y tengo que dar la cara. Voy a estar bien, no te preocupes.

- No me gusta ese trabajo, no me gusta estar sin ti.

- Cuando todo vaya mejor lo dejaré y buscaré algo mejor pero ahora lo necesitamos.

- Yo te necesito a ti, no quiero perderte.

- No me vas a perder, te prometo que todo va a ir bien.

- Por favor Carlos, no volvamos atrás, no...

- No te preocupes - dijo tapando mi boca - no tomaré nada, me controlaré, yo tampoco te quiero perder. Ya te he hecho demasiado daño.

Sus palabras sonaron sinceras pero no pude conciliar el sueño, solamente la idea de que pudiese pasarle algo me volvía loca. El reloj movía vagamente sus agujas, parecía estar sin fuerzas para continuar.

Respiré profundamente cuando escuché el sonido de la puerta, era Carlos, me levanté rápidamente para ir en su busca, para ir a abrazarlo.

- ¿Todavía despierta, cariño? - dijo recibiéndome en sus brazos con una sonrisa.

- No he podido dormir, te he echado de menos.

- Todo ha ido bien, no quiero que te preocupes por mí.

- ¿Cómo no me voy a preocupar?

- Todo va a ir bien, de verdad. Ahora vamos a descansar algo.

Nos marchamos al dormitorio a intentar descansar algo después de la larga noche. Pasó una semana y aún con el miedo de que pudiésemos retroceder, Carlos estaba haciendo honores para que yo me tranquilizase. Llegaba tarde a casa pero en perfectas condiciones, siempre sonriendo y durmiendo a mi lado. Todo estaba volviendo a su lugar y yo debía comenzar a trabajar, por una vez Carlos estuvo de acuerdo con que volviese al trabajo, debía salir de casa, despejarme un poco.

Sabía que una adicción no desaparecería en quince días pero tenía que darle un voto de confianza a Carlos, él estaba poniendo todo su empeño, la idea de que pudiera irme era tan dura que le daba fuerzas para dejar toda esa mierda a un lado.

Después de pasar el fin de semana al lado de Carlos, llegó el día de la vuelta al trabajo, me marché un poco antes para ayudar al señor Vicente a colocar la mercancía llegada. Se alegró mucho de verme, decía que esos días sin mí habían sido una tortura y necesitaba descansar. Le animé a que se marchara a descansar, yo no pasaría mi mejor día y tampoco quería tener que contestar a muchas preguntas, él aceptó sin pensarlo demasiado. Pasé el día colocando mercancía y atendiendo a los pocos clientes que entraron.

Los meses pasaban y ambos nos íbamos habituando de nuevo a nuestro rutinario trabajo. Por las mañanas la armería y por la tarde las tareas del hogar aunque alguna que otra tarde me había animado a dar un paseo para despejar mi mente, necesitaba salir de casa para dejar de pensar y de preocuparme.

Carlos no había vuelto a colocarse, por ahora todo parecía normal aunque seguía en ese pub, trabajando toda la noche. Me había prometido que cuando todo fuese mejor lo dejaría y esa esperanza es la que me hacía tener paciencia. Estos meses habían sido muy duros para los dos, para Carlos por mantenerse lejos de todo aquello que nos separaba y para mí por el miedo a que todo volviese atrás, todo esto hacía que me costase mucho conciliar el sueño, sobre todo cuando Carlos se retrasaba algo más de lo normal.

- Esta noche llegas tarde - dije intentando que mi voz sonara tranquila.

- Y tú como siempre despierta, ¿no?

- Estaba esperándote.

- ¿Cuándo vas a dejar de preocuparte por mí?

- ¿Cuando cambies de trabajo?

- Ya queda menos aunque deberías acostumbrarte a que llegue tarde y poder descansar sin mí a tu lado.

- ¿Por qué dices eso?

- Es solo que no quiero que pases todo el día cansada por esperarme despierta.

- Ya lo sé pero no duermo bien si no estás a mi lado.

- Has de intentarlo, ¿vale? - dijo mientras besaba mi frente.

- Está bien pero prométeme que esto no va a durar mucho más, que vas a buscar otra cosa.

- Eso no es tan fácil como parece pero lo intentaré.

- Estás preocupado por algo, ¿qué te ocurre?

- Nada, ¿qué me va a ocurrir? No te preocupes más.

Me sonrió como si no ocurriese nada pero su mirada no me decía lo mismo, sus ojos reflejaban una preocupación que no lograba entender. Intenté confiar en él, quizás solo fue un mal día y no ocurría nada, quizás solo era mi desconfianza hacia ese trabajo.

Carlos estaba muy cansado y decidimos dejar la conversación para otro día, nos tumbamos en la cama y abrazados nos quedamos dormidos uno al lado del otro.

Mis ojos se abrieron en frente de la vitrina, mi cuerpo temblaba mientras sus manos acariciaban mi cintura, sus labios rozaban mi cuello y su olor impregnaba mi piel. Su rostro se reflejaba en el cristal, me miró y sonrió, sin querer mis labios se curvaron respondiendo a su sonrisa y él respondió con un beso. Mi cuerpo se estremeció cuando él hizo girar mi cuerpo para quedar atrapado entre sus brazos, sus ojos oscuros me hipnotizaron, no podía apartar la mirada, cerré mis ojos cuando sus labios se posaron en los míos, cuando su lengua buscaba la mía, se separó lentamente y apoyando su mejilla en la mía me susurró al oído: "te quiero".

Estas palabras me sobresaltaron, esa voz no correspondía con mi ángel, y me desperté. Carlos estaba a mi lado con cara de asustado.

- Lo siento, te he despertado.

- No, no te preocupes - dije adormilada - es solo que me he asustado.

- ¿Con qué soñabas?

- Con nada, ¿por qué?

- No sé, estabas susurrando algo.

- ¿Algo?

- Sí, decías algo así como "mi ángel".

- No sé, no recuerdo nada.

- Bueno al menos estabas dormida.

- ¿Y tú qué hacías despierto?

- No tengo mucho sueño.

- ¿De verdad que no te preocupa nada?

- De verdad, solo me preocupas tú y que estés bien.

- Yo estoy bien siempre que tú lo estés. Así es que vamos a dormir que también tú tienes que descansar.

- Está bien, vamos a dormir, ¿no? - dijo con resignación.

- ¿¡Qué!?, ¿tienes algún plan mejor?

- Lo cierto es que sí.

- ¿Sí?, ¿en qué estás pensando?

No respondió con palabras pero sus labios atraparon el lóbulo de mi oreja para dejar escapar un "te quiero", su lengua resbaló hacia mi cuello, sus manos acariciaban mi rostro con dulzura y su cuerpo atrapaba al mío en la oscuridad de la noche.

- No sé que haría sin ti - dijo mientras jugueteaba con un mechón de mi pelo.

- Yo tampoco sé que haría sin ti, aunque creo que no debes preocuparte por eso, no tengo intenciones de que pases ni un día sin mí, ¿de acuerdo?

- De acuerdo.

Le abracé fuertemente y me levanté pues se había hecho tarde y tenía que ir a trabajar. Entré en la ducha mientras Carlos seguía hablando conmigo, me estaba contando que tenía ganas de salir de allí, de pasar una temporada fuera de Leganés. Yo pensé que quería tener unas vacaciones, ya que este año por motivos de economía no habíamos viajado, él estaba acostumbrado a pasar los meses de verano en Zambujeira y pensé que era normal. Cuando salí de la ducha me preguntó qué pensaba de la idea de cambiar de ciudad, esto me sorprendió ya que no me lo había planteado aunque yo iría donde estuviera él. Lo cierto es que se dio cuenta de mi sorpresa y aparcó el tema.

Me marché al trabajo pensando en la idea, y no entendía muy bien el motivo pero lo cierto es que el lugar donde vivir no era muy importante, si él estaba a mi lado.

Cuando entré en la armería, había una nota en el mostrador, donde el señor Vicente me informaba de que llegaría tarde. Aún era pronto para abrir, decidí limpiar un poco las vitrinas y él volvió a mi cabeza, seguía sin saber si todo aquello había sido real pero se había convertido en un sueño que muy frecuentemente que me hacía estremecer. El pensar en él, me producía una sensación de relajación y seguridad que hacía mucho tiempo que no sentía, el sueño de esta noche era una nueva señal de que él se había convertido en alguien muy especial para mí aún sin ni siquiera saber si era real.

Pasé el resto de la mañana limpiado toda la trastienda y atendiendo a los clientes que llegaban. La mañana pasó rápido y pasé por el supermercado a comprar algunas cosillas para cocinar, tenía pensado cocinar algo especial para Carlos, me sentía algo mal por estar pensando en otro.

Cuando llegué a casa, Carlos estaba en la habitación como loco, sacando toda la ropa de los armarios y entrándola a montones en una vieja maleta.

- ¿Qué ocurre? - dije asustada al ver su rostro - ¡Dios mío! ¿Qué te ha pasado?

- Tenemos que irnos, tenemos que irnos.

- Pero ¿qué te ha pasado?, ¡estás sangrando!

- Estoy bien, ahora no puedo explicarte pero tenemos que marcharnos, por el camino te contaré.

Sin mediar más palabras y muy asustada, accedí a ayudarle y guardar el resto de ropa en otra maleta. Tomó el dinero que guardaba en un cajón de la mesita de noche y me aconsejó que guardase mi documentación dentro de las botas que llevaba puestas. Bajamos las escaleras a toda prisa, saltando los escalones de dos en dos, al llegar a la puerta Carlos me dijo que esperara dentro, salió con las maletas mirando hacia todos los sitios, fue hacia el coche y entró las maletas en el asiento trasero del coche. Nerviosa corrí hacia el asiento del coche y cerré con un golpe seco la puerta.

Puso el coche en marcha y a toda velocidad nos dirigimos a las afueras de Leganés. Estaba tan nerviosa que no me salían las palabras, todo mi cuerpo estaba temblando, Carlos sujetó mi mano mientras yo la miraba asombrada intentando que no temblase.

- Lo siento, lo siento mucho.

- ¿Qué ha pasado? - dije con voz temblorosa.

- Ya no me dan más tiempo, quieren su dinero y harán lo que sea - contestó entre lágrimas, me miró y supo que no entendía nada - lo siento, no pensé que esto ocurriría, pensé poder solucionarlo.

- ¡¿Qué sucede?!

- Debo dinero, mucho dinero.

- ¡¿Cómo?!

- Es una deuda que fui acumulando cuando…, cuando consumía con Julia. Estábamos muy enganchados y no le dimos importancia, y ahora…, ahora es tarde.

- Habla con ellos, conseguiremos el dinero para pagar la deuda.

- Ellos no escuchan, ya me han dado demasiado tiempo.

- ¡Dios mío! ¿Qué vamos a hacer?

- Tenemos que desaparecer, salir de aquí…

La rapidez en su conducción hizo que pronto no supiese por donde estábamos, miré hacia ambos lados pero no lo reconocía, terminamos en un camino sin asfaltar. Un fuerte golpe trasero cortó la conversación, ambos gritamos asustados, Carlos miró hacia atrás reconociendo los rostros que nos seguían y gritando: "Son ellos".

Mi cuerpo temblaba con más fuerza, sin saber qué hacer, mis lágrimas comenzaron a brotar a borbotones, mis manos se quedaron enganchadas fuertemente al asiento del coche. Miré muy asustada hacia atrás cuando vi que el coche intentaba adelantarnos, cuando se encontraban a nuestra altura un hombre nos miró con una malvada sonrisa en sus labios que dejaba entrever sus amarillentos dientes. Mis ojos se cerraron cuando vi venir el coche hacia nosotros, el golpe produjo que el coche se dirigiera hacia uno de los árboles que se encontraba en el borde del camino.

El golpe nos dejó conmocionados, volví en sí cuando noté unos brazos sacándome del coche, su tacto era áspero y estaba apretándome demasiado, intenté soltarme y eso empeoró la situación, sus fuertes manos apretaron con más fuerza mis brazos hasta sacarme del coche.

Miré hacia todos lados hasta ver a Carlos, estaba sentado y maniatado a un árbol, su rostro estaba ensangrentado y uno de esos tipos lo sujetaba por el cuello, no lograba escuchar su conversación, aún estaba algo conmocionada pero aún así comencé a gritar.

- ¡Carlos, Carlos! - intenté por todos los medios soltarme pero aquellas manos eran implacables - ¡Suéltame!

- ¡Suéltala! - gritó Carlos mientras intentaba ponerse en pie - ¡No la toques!

Me removí entre las manos de aquel tipo y logré soltarme, corrí hacia Carlos cayendo a sus pies y me arrastré hasta conseguir abrazarlo.

- ¡Carlos!, ¡Dios mío!, ¿qué te han hecho?

- Estoy bien Estela - dijo suavemente cerca de mi oído - Siento mucho todo esto, no sé como pero tienes que salir de aquí, tienes que escapar.

- No me voy a ir sin ti.

- Por favor escúchame.

- Ya está bien de tanta cháchara - dijo una voz ruda mientras unas manos me separaban de Carlos - ¡Vamos!

- ¡No me toques! - dije mientras lo empujaba para soltarme, me giré mirando fijamente al tipo que esta vez me agarraba, era muy alto y fuerte, de piel y pelo muy oscuro. Por sus ropas y forma de hablar supe que era él quien dirigía todo aquello - ¡No me toques!

- Qué genio tienes, ¿no? Yo sé como tratar a las niñas con tanto genio como tú - dijo riendo a carcajadas - En una semana vas a estar más suave que un guante.

- Déjala, ella no tiene nada que ver, déjala.

- Ella tiene todo que ver, ella va a ser quién pague tu deuda. Tú solo vas a dar tu vida, ella dará el dinero.

- ¡Te he dicho que la sueltes!

Al escuchar el grito de Carlos se giró propinándole un puñetazo en su cara, yo intenté acercarme a Carlos pero solo logré recibir otro golpe que hizo que cayera hacia atrás. Dos de sus hombres me sujetaron mientras el otro sacó una pistola y la empuñó dirigiéndola a Carlos.

- ¡No! - grité mientras miraba el rostro de Carlos, él estaba mirándome, su rostro era de total arrepentimiento - ¡No lo hagas!

- Lo siento mucho Estela, lo siento - me dijo Carlos mientras yo intentaba soltarme.

Un terrible estruendo cortó de golpe nuestra conversación, Carlos seguía mirándome mientras una pequeña lágrima recorría su rostro, logré leer en sus labios un te quiero antes de que desfalleciera.

- ¡No! - grité desolada mientras el asesino de Carlos se acercaba a mí - ¡Carlos!

- ¡Cállate! - dijo mientras me golpeaba - Te alegrarás de que haya muerto cuando descubras que es lo que te espera a ti.

Sus palabras hicieron que mis rodillas cedieran, no por miedo a lo que me pudiera pasar sino por Carlos, no era posible, no podía ser. ¿Carlos muerto? No, no, eso no podía ser cierto. Todo había pasado muy rápido pero esto no podía ser, lo miré mil y una vez, pronuncié su nombre entre sollozos esperando su respuesta pero nada, solo escuchaba unas risas de fondo.

Conseguí arrastrarme hasta llegar a su lado, todo su cuerpo estaba empapado en sangre y su rostro hundido en su pecho. Lo tomé entre mis manos intentando hacerlo reaccionar pero no lo conseguí. En un último intento de desesperación grité su nombre mientras lo abrazaba.

Este abrazo fue lo último que me llevaría de él, lo sujeté con fuerza hasta que uno de los hombres me arrastró hacia el coche, mientras me llevaba hacia una muerte en vida.

Rosas Rojas

Flor radiante y hermosa,
símbolo de amor,
sentimientos y pasión.

Flor con espinas,
que se clavan con dolor
en un desolado corazón.

Flor marchita y muerta,
cuando la rasgan sin temor
destruyéndola sin compasión.

Ramo de rosas marchitas,
que mueren cada noche en un club,
mientras desalmados las clavan en la cruz.

Capítulo 6

Rosas Rojas

Después de varios forcejeos lograron entrarme en el maletero del coche. En la oscuridad del vehículo la imagen de Carlos se repetía en mi cabeza, una y otra vez, no conseguía entender cómo había ocurrido todo esto, parecía una pesadilla de la cual no podía despertar pero todo esto no podía ser cierto, no podía serlo.

Grité y golpeé la chapa del maletero hasta que mis nudillos sangraron, intenté salir de allí con todas mis fuerzas pero lo único que conseguí fue agotarme y enfurecer más a mis raptores.

Después de un rato el coche frenó bruscamente. Mi cuerpo comenzó a temblar cuando escuché el golpe de las puertas, un suave brillo pasó a través de la ranura del maletero mientras este se abría. Unas rudas manos atrapaban mis muñecas mientras me sacaban con forcejeos del maletero.

- ¡Vamos niña! - dijo mientras tiraba de mí aquel maldito hombre.

- Suéltame, déjame, no me toques - grité con todas mis fuerzas.

- Cállate - contestó a la vez que su puño atravesaba mi mejilla.

Caí hacia tras del fuerte golpe que me propinó, fue como si mi mejilla explotase. El dolor y el miedo se apoderó de mí, mi voz se escondió detrás de mi garganta para no volver a pronunciarse, mi cuerpo temblaba sin poder reaccionar.

Sus rudas manos volvieron a acercarse, mis ojos se cerraron involuntariamente pero esta vez sus manos se dirigieron a mi cabello, atrapándolo y tirando de él hasta levantarme del suelo. Mi voz sonaba como un suave susurro, como una brisa que la sientes pero no la escuchas.

Sus manos soltaron mi cabello llevándose entre sus dedos parte de él. Me paró en frente de una puerta de metal, la cual abrí con la cabeza, después del fuerte empujón que me dio. Caí al suelo con mi frente sangrando, intenté levantarme pero era tarde, sus manos ya me habían atrapado para llevarme casi arrastras por un estrecho y oscuro pasillo, hasta llegar a una pequeña puerta de madera algo rota con un cartel de prohibido el paso, de la cual caía una cadena donde colgaba un candado. Golpeó la puerta para abrirla y me empujó dentro de ella.

 Cerró la puerta de un portazo mientras yo me arrastraba hacia una de las esquinas de la habitación. Vino hacia mí con paso firme, yo cubrí mi cabeza con mis brazos pero esto no me salvó de una brutal paliza.

Noté sus nudillos en mi cara una y otra vez, cuando intenté cubrirme el rostro sus patadas sobre mi espalda se hicieron incesantes. El dolor era tan intenso que no podía ni respirar. De pronto, los golpes habían parado, intenté mirar cuando una culata golpeó mi sien para quedarme inconsciente.

Un frío y dolor intenso recorrieron mi cara, cuando por fin mi mente reaccionó y mis ojos se abrieron descubriendo un rostro desconocido.

- No te asustes mi niña, no te voy a hacer daño - su voz era dulce y parecía sincera.

- ¿Quién eres? ¿dónde estoy? - mi voz comenzó a temblar, las lágrimas aparecieron en mi rostro a borbotones.

- No llores, tranquilízate o vas a empeorar las cosas. No sé que has hecho pero no van a tener ninguna contemplación contigo, jamás les había visto tan encabronados.

- Yo no he hecho nada. Tengo que salir de aquí ahora mismo - dije mientras me levantaba de aquella sucia y vieja cama.

- ¿Dónde crees que vas? Mira niña que te quede una cosa muy clara, la única forma de salir de aquí es con los pies por delante y a partir de ahora o sigues sus órdenes al pie de la letra o ésta no será la última paliza que sufras. Te puedo asegurar que más de una vez se les ha ido la mano - dijo mostrándome una gran cicatriz que cubría todo el lado derecho de su rostro.

- Pero yo no he hecho nada, no pueden retenerme aquí.

- Ellos pueden hacer y deshacer a su antojo, aquí ellos son la ley y tú un simple juguete con el que jugar, un juguete que cuando se rompe se tira a la basura. Mira niña esto va a ser muy difícil pero en tu mano está hacerlo una tortura o llevarlo lo mejor que puedas.

- ¿Qué es esto? - mi voz sonó más temblorosa que nunca, temiendo una contestación esperada.

- Bienvenida al club de las Rosas Rojas, ésta va a ser tu casa el resto de tu vida, sea mucha o poca.

- No puede ser.

- Hazte a la idea cuanto antes, no creo que dejen pasar mucho tiempo para ponerte a trabajar. Soy Carmen, voy a ser tu mentora en este trabajo aunque sinceramente no hay mucho que saber, en realidad solo tienes que dejar que cada uno haga contigo lo que desee, poco más. Eso si, te vuelvo a repetir que aquí un fallo se paga con la vida. No trates de escapar, no intentes llevar la contraria y no te hagas la fuerte, aquí todas ellas terminaron pudriéndose bajo un montón de basura. Volveré en media hora, ahí tienes un baño donde asearte, intenta bajar los hinchazones de tu cara, tienes un aspecto horroroso.

Nerviosa y sin saber que hacer recorrí la habitación con la mirada, observando cada detalle de aquel horrible cuarto. La puerta comenzó a moverse y mi cuerpo a temblar con ella, un golpe seco la abrió y mi cuerpo quedó aferrado por mis brazos.

- ¡¿Todavía andas así?! Te dije que te aseases y aquí no se repiten dos veces las cosas. ¡Vamos! No puedes hacerlos esperar - dijo Carmen mientras me arrastraba por el brazo hasta el baño -. No vuelvas a desobedecer si no quieres recibir otra paliza.

- ¿Hacer esperar a quién? ¡Déjame! - tiré de mi brazo para hacer que lo soltase - No quiero ver a nadie.

- A ver niña, ¿qué no has entendido? Aquí da igual lo que tú quieras, aquí tu obedeces sin preguntar, sin ni siquiera dudar. ¿Aún no te has dado cuenta? Estás sola, todos piensan que has muerto y en parte llevan razón porque tu vida pertenece a otros, pertenece a los jefes.

En aquel momento mis ojos se abrieron de par en par, mi mente comenzó a reaccionar y mi mundo volvió a hundirse. Estaba muerta, sufriendo los daños del mismísimo infierno, quemándome en él sin encontrar salida.

Carmen me empujó dentro de la ducha, avisándome que en cinco minutos estaría de vuelta y vendría acompañada. Colocó encima del lavabo un vestido rojo, el cual tenía que colocarme después de la ducha. Sin más preguntas ni esperas me disponía a ducharme cuando al quitarme las botas mi documentación cayó al suelo, rápidamente la recogí y busqué algún sitio donde nadie pudiera encontrarla. Con una cuchilla que encontré en el baño, corté parte del colchón de espuma que había en la cama y la introduje lo más dentro que pude, sin más dilación me duché y me puse el dichoso vestido antes de que llegase Carmen.

Cuando estaba peinando mi pelo sonó el chirrido de la puerta. Respiré lo más hondo que pude y salí del baño. Cuando salí me encontré con Carmen y un hombre que le acompañaba, no era muy mayor, aún así su pelo era gris y peinado con gomina hacia atrás.

- Pero bueno, ¿qué le habéis hecho? - dijo mientras subía mi rostro para observarlo - Estás hecha una pena niña, no se lo tengas en cuenta, al fin y al cabo la culpa no es tuya. La culpa es de ese amiguito tuyo, el tal Carlos - al escuchar su nombre pensé que mis rodillas no aguantarían, me tambaleé pero por miedo a represalias aguanté en pie - Ese chico no era de fiar. Intenté mil veces arreglar esto de otra forma pero no me dejó solución.

- ¿Cuánto le debe? Quizás podamos llegar a un acuerdo nosotros - dije buscando mi última salida pero río a carcajadas.

- Ja, ja, ja. Eres muy graciosa niña - su rostro se volvió hostil - El acuerdo ya está cerrado. Es sencillo, él muerto y tu trabajando de puta hasta que me pagues su deuda y los intereses que ello conlleva. Si te sirve de consuelo tu deuda estará saldada en unos diez años, aunque después de esto no me servirás y te reunirás con él.

- No veo el momento de hacerlo - dije mientras él se giraba sorprendido - no veo el momento de reunirme con Carlos.

- No me tientes niña, o sucederá antes de lo que esperas - se giró de nuevo dirigiéndose a Carmen - La quiero lista en tres días, su pelo no me gusta, córtalo y ponlo más rubio, cura esas heridas y enséñale modales, el próximo día no estaré de tan buen humor. ¡Queda claro!

- Sí jefe, no se preocupe el próximo día todo estará a su gusto, déjelo en mis manos, no le fallaré.

- Eso está mejor.

Me quedé inmóvil y sin palabras al ver la sumisión de Carmen ante aquel hombre. Su rostro estaba hundido en su pecho mientras se dirigía a él, su voz era temblorosa y su mirada no llegaba más allá de las rodillas del "jefe". Sin duda él tenía algo que ver con la cicatriz de su rostro.

Cuando se cerró la puerta subió su rostro y volvió a sujetarme por el brazo fuertemente.

- ¿Pero qué haces? ¿Te has vuelto loca? ¿Quieres terminar en un montón de basura? ¡No vuelvas a hacer eso!, no le contradigas, no le hables hasta que no te pregunte y haz lo que él diga. Tu vida es suya, ¿no lo entiendes?

- Lo cierto es que no, no entiendo porque te pones así, ya te he dicho que yo no tengo nada que ver con lo que pasó, que voy a salir de aquí como sea.

- Pues saldrás muerta y harás que me maten a mi también, y eso no lo voy a permitir. A partir de este momento obedecerás sin preguntar, harás lo que te diga y todo ello con una sonrisa, trabajarás como todas las que estamos aquí y te ganarás el pan que llevarte a la boca. Y no voy a esperar a que aprendas por las buenas, se acabó.

Se giró hasta llegar a la puerta y la abrió de par en par, "¡Esquirla! ¡Esquirla!" gritó varias veces, hasta que apareció en la puerta el desgraciado que mató a Carlos.

- ¿Qué quieres Carmen? ¿A qué vienen esos gritos?

- Ahí la tienes, enséñale a que se viene aquí.

- Pero, ¿y el jefe?

- Nadie se va a enterar, pero eso sí, no toques su cara, para el martes todas esas heridas tienen que estar curadas.

- No te preocupes, tocaré todo lo demás - dijo mientras tocaba su mentón sonriendo y mirándome de arriba a bajo.

Carmen me miró por última vez con una mirada de desprecio y cerró la puerta con un fuerte golpe. Ese golpe hizo que mi cuerpo comenzara a temblar por completo.

- ¡Déjame! ¡No se te ocurra tocarme! - grité mientras se acercaba a mí.

- No te preocupes niña, si no te voy a hacer daño, solo quiero divertirme un poco.

- ¡No te acerques!

No me dejó terminar de hablar cuando con su mano tapó mi boca y me empotró contra la pared, "Cállate" me gritó mientras desabrochaba su pantalón. Sin dudarlo comencé a empujarlo y golpearlo hasta que conseguí soltarme y correr hacia la puerta, la empujé mil veces hasta que unas rudas manos me atraparon tirándome contra el suelo. Mi cabeza golpeó contra el suelo quedando medio inconsciente, mis ojos se entreabrieron para ver aquel maldito bastardo, sus pantalones cayeron al suelo y él sobre mí.

Rasgó toda mi ropa sin que yo pudiera hacer nada, intenté gritar pero la voz no salía de mi cuerpo, se quedaba en mi garganta ahogándome. Intenté por todos los medios quitármelo de encima pero mis fuerzas flaqueaban ante tal animal, pero volvió a golpear mi cabeza contra el suelo y no pude más. Tocó y baboseó todo mi cuerpo a su antojo, hasta saciar sus más bajos instintos.

Quedé tumbada en el suelo, con dolor por todo mi cuerpo y toda mi alma. El llanto me ahogaba y el odio ocupaba todo mi ser, lo hubiera matado con mis propias manos si hubiera podido pero lo más que pude hacer cuando volvió a acercarse a mí fue temblar.

- Ha sido un placer niña - dijo mientras abrochaba su pantalón - pero para otra vez procura ser más dócil.

- Jamás volverás a tocarme desgraciado - dije en un leve susurro.

- ¿Decías algo?

Negué con la cabeza por miedo a represalias y él se marchó sin más. Intenté ponerme en pie pero el llanto y el dolor no me dejaron, me derrumbé en el suelo sin consuelo alguno. Arrastrándome llegué el aseo, me metí bajo la ducha y dejé que el agua cayera sobre mi cuerpo hasta quemarme, intentando quitar cualquier resto que quedase en mi cuerpo de ese hombre.

Cuando salí de la ducha aún con dificultades para andar, encontré a Carmen sentada sobre la cama. Su mirada seguía con la misma inquina que cuando se marchó.

- A partir de ahora tu nombre es Ruth, tu precio son 100€ la hora, por ahora no se podrá pedir más. El consumo de bebidas por parte de los clientes es obligatorio, sé caprichosa a la hora de elegir bebida, pagan ellos. ¿Alguna duda?

- No - dije entre sollozos.

- Mira Ruth, ninguna de las que estamos aquí hacemos esto por placer, estamos aquí por deudas pendientes y estamos solas. Solo nos tenemos las unas a las otras e intentamos cuidarnos. Lo de hoy ha sido por tu bien, necesitas aprender a ceder o conseguirás que nos maten. ¡Reacciona! Solo te queda ceder y hacer lo que ellos quieren, es la única forma de seguir hacia delante. Mientras más contentos los tengas más fácil te será vivir aquí. Ahora ven que te curaré tus heridas.

Extendió su mano hasta alcanzar la mía, me llevó hasta la cama e hizo que me tumbara. Sacó un pequeño botiquín de la mesita de noche, con unas gasas y suero limpió mis heridas para después untar una crema sobre ellas para bajar la inflamación. Giré la cabeza para ver que más contenía el botiquín, saco de él una jeringuilla y un botecito de cristal.

- ¿Qué es eso? - dije inquieta.

- No te preocupes, esto te ayudará a dormir - dijo mientras inyectaba la jeringuilla en mi brazo.

- Queda una herida por curar.

- ¿Cuál? - dijo Carmen buscándola.

- La de mi alma - dije mientras las lágrimas brotaban de mis ojos.

- Cariño, esa herida la tendrás toda tu vida.

Los párpados comenzaron a pesarme un quintal, hasta que pronto se cerraron y mi cuerpo se relajó cayendo sobre la cama.

Una suave voz hizo que mis ojos se abrieran, su voz tan dulce y sus caricias en mi rostro llenaron mi cuerpo de paz. Sin duda era ella, era mamá.

- Mamá, estas aquí.

- No llores cariño - dijo mientras secaba mis lágrimas - No te preocupes, estaré siempre a tu lado.

- Yo no puedo seguir, no puedo seguir sin ti.

- Lucha hija, lucha por tus sueños, lucha por tu vida.

- No puedo, no puedo más.

- Cumple tu promesa hija, lucha.

- No te vayas mamá, llévame contigo, no me dejes aquí.

- Aún no puedo cariño, tienes que vivir, tienes que luchar y salir de este lugar. Lucha y conseguirás tus sueños, lucha.

Sus palabras se quedaron como un eco que desaparece poco a poco en el horizonte, repitiéndose una y otra vez en mis oídos. Desperté con los ojos poblados de lágrimas, con la misma desesperación que cuando quedé dormida y además disgustada por no estar cumpliendo con la promesa que le hice a mamá, pero ¿cómo iba a poder cumplirla?

En ese momento Carmen entró con una bandeja de comida, con suma tranquilidad aún viendo mi desolado llanto, dejó la bandeja encima de la mesilla y se giró para marcharse.

- Ayúdame, ayúdame por favor - dije entre sollozos - No sé cómo hacerlo, no sé cómo voy a poder sobrevivir aquí.

- Pues como hemos sobrevivido todas nosotras, tragándonos nuestros sentimientos siendo unas rocas y teniendo un hilo de esperanza de salir de este lugar.

- No voy a poder hacerlo, no voy a poder.

- No te queda otra, es la única salida. O cedes y te vuelves una roca o mueres en el intento.

Estas últimas palabras calaron en mí, no existía otra opción, tenía que aguantar ese infierno, tenía que sobrevivir entre espinas de rosas que se clavan en mi corazón.

Carmen salió dejando la puerta entreabierta, hasta este momento siempre estaba cerrada por fuera, supuse que quería que viese de qué se trataba todo aquello. Anduve silenciosamente tras ella por un estrecho y oscuro pasillo que conducía a una puerta metálica. Cuando Carmen la abrió comenzó a sonar la música, miró hacia atrás y extendió su mano.

- Cuando salimos a trabajar dejamos de ser nosotras, dejamos nuestros corazones guardados en las habitaciones y pasamos a ser las mejores actrices para complacer a nuestros clientes y al jefe.

Sin mediar palabra sujeté con fuerza su mano y dejé que me llevara fuera. Me encontré con caras conocidas y odiadas, varios hombres colocaban las bebidas detrás de la barra mientras que las chicas limpiaban el suelo y el escenario. Varias chicas volaban girando sobre la barra situada en el escenario, estaban bailando sugerentemente y con muy poca ropa.

- Nuestro trabajo comienza a las ocho de la tarde, normalmente cuando más trabajo hay es a partir de la una de la madrugada y se cierra cuando no quedan clientes - siguió Carmen explicándome.

- No voy a poder hacerlo, esto es una locura.

- La locura es hacer que te maten. Tienes que cambiar la forma de pensar. Además intentaré presentarte a los clientes más fijos para que así no tengas tantos problemas pero si alguno se encapricha contigo tendrás que atenderlo, no podemos permitir escándalos en el club.

Las chicas del escenario bajaron y con una sonrisa en sus labios me sujetaron por los hombros y me dieron dos besos.

- ¡Hola Ruth! Yo soy Ana y ella Sara, vamos a ser tus compañeras y no te preocupes que te cuidaremos de los capullos.

- Gracias - dije en un susurro, no sabía que contestar.

- Aquí todas somos como hermanas, nos protegemos unas a las otras, somos una pequeña familia - dijo Sara - No te preocupes por nada, y si tienes algún problema avísanos para ayudarte.

- Buenos chicas os dejamos que tengo que prepararla, más tarde nos vemos.

Carmen cortó la conversación para llevarme de nuevo a la habitación, me dejó allí un momento para ir a recoger unos botes y potingues para cambiar mi aspecto. Me aseguró que cuando terminase no reconocería mi aspecto, comenzó a cortar mi largo y castaño cabello hasta dejarlo por encima de mis hombros, después mezcló agua oxigenada y los productos del tinte para aclarar mi pelo.

Después de media hora lavó mi cabello y lo secó, cortando los picos que le habían quedado.

Sacó un bolso enorme con todo tipo de maquillajes, pintalabios y mil cosas, que no sabía ni para que servían cada uno de ellos. Primero el corrector, después el maquillaje, después comenzó con mis ojos, donde sus pinceles y lápices pasaron un rato, rímel, colorete y labios.

- Mírate, te presento a Ruth, es la puta que va a trabajar para que tu puedas sobrevivir - dijo mientras me acercaba un pequeño espejo.

Cogí aquel pequeño espejo acercándolo con miedo a mi rostro, cuando estaba justo en frente de mí, descubrí a alguien desconocida, una chica con el pelo rubio casi blanco, con el flequillo recto cortado hacia delante, con una raya negra que iba de lado a lado de sus ojos y los labios rojo carmín. Mi boca quedó entreabierta y Carmen esbozó una sonrisa de oreja a oreja.

- A todas os pasa lo mismo, eso significa que he hecho bien mi trabajo.

- Lo cierto es que sí, no me reconozco.

- Eso es porque no eres tú, es Ruth, piensa eso cada vez que un hombre se encuentre encima tuyo, piénsalo cada vez que sus labios rocen tu cuerpo, piensa que lo estás viendo desde fuera, piensa que no eres tú esa que está debajo de ese hombre.

- No sé si voy a poder pero prometo intentarlo, no quiero morir, no aún.

- Esa es la actitud, no puedes hacer otra cosa. Ahora nos marchamos de esta habitación, pasas a las habitaciones de arriba, donde atendemos a nuestros clientes. Vamos te las enseñaré.

Salimos de la habitación hacia el pasillo estrecho que conducía al bar, subimos las escaleras que estaban situadas al lado derecho de la barra, estaban forradas con una alfombra roja de terciopelo. Al subir habían dos pasillos uno hacia cada lado donde estaban situadas las habitaciones, no logré contarlas pero era como un gran hotel.

Giramos hacia la derecha y en la habitación número quince Carmen paró para abrir la puerta, al escucharnos varias chicas salieron a saludarnos, todas me abrazaron y me ofrecieron su ayuda. Mientras las chicas me saludaban Carmen abrió la puerta de la habitación.

- ¡Vamos no me la entretengáis más que aún tiene mucho que aprender antes de esta noche! Hoy empieza a trabajar.

- ¿Hoy? - dije asustada- Aún no estoy segura de poderlo hacer.

- Sabes que no tienes otra opción, y ya me han avisado que tienes que empezar a pagar tu deuda.

No pude responder, mis piernas comenzaron a temblar y mi respiración se hizo intermitente, me faltaba el aire cada segundo. Carmen me miró con cara de pánico.

- No te pongas nerviosa o será mucho peor, recuerda que no eres tú, es Ruth quien va a acostarse con esos hombres. Recuerda que de ello depende tu vida, si no sirves para esto te matarán.

- Está bien, haré todo lo que pueda.

- Tú no, lo hará Ruth, recuerda que no puedes fallarnos. No queremos perderte.

Asentí con la cabeza aún con el miedo metido en el cuerpo, prometí luchar y no tenía otra opción.

Entramos en la habitación, era una habitación bastante amplia, con una cama redonda en el centro, cubierta por un edredón rojo y almohadones negros. En frente de la cama había una barra con dos taburetes, detrás de ella una estantería de cristal, donde estaban perfectamente colocadas unas botellas de varios licores.

- Esta habitación se usa solamente para clientes exclusivos, tan exclusivos como el jefe - dijo Carmen mientras yo seguía observando los detalles - El precio de esta habitación con noche incluida es de 500€, las novatas no soléis pasar por ella antes de dos meses pero el jefe se ha encaprichado contigo.

- ¿Eso es bueno o malo? - pregunté asustada.

- No quiero ponerte nerviosa pero es un poco caprichoso, solo déjate llevar y no te resistas, solamente haz lo que él te diga.

- ¿Y por qué me enseñas esta habitación?

- Hoy viene a verte, quiere ver el trabajo que he hecho contigo por eso no puedes fallarme, me juego todo contigo.

- No te preocupes, haré todo lo que esté en mi mano.

Colocó un vestido rojo corto, muy corto, sobre la cama, unos zapatos plateados de más de diez centímetros de alto y ropa interior negra, negra y transparente.

Ya en mi pequeño cuarto, respiré hondo e intenté separar mi cuerpo de mi alma para poder salir de este infierno. Coloqué la ropa encima de la cama y me dirigí a la ducha, allí intenté dejar todos mis miedos y salí todo lo reforzada que pude. Con la toalla enrollada en mi cuerpo sequé mi pelo y tapé mi rostro con medio kilo de maquillaje, me miré al espejo después de maquillarme y no me reconocí, eso era bueno, ya no era yo. Me coloqué la negra y transparente ropa interior, retocando las puntillas para que estuviesen bien colocadas, subí las medias por mis piernas recién depiladas y las ajusté para que no cayeran y finalmente me coloqué el vestido rojo que sin duda me quedaba corto, corto y muy ajustado.

Sonó la puerta de la habitación con un doble toque de nudillos, me puse los tacones y retoqué mi corto cabello, asegurándome de nuevo de que la del espejo no era yo.

- Ruth, soy Carmen. ¿Estás lista?

- Pasa Carmen, ya casi estoy.

- ¿Qué te pasa? - dijo mientras atravesaba la puerta de la habitación - Ya están entrando los clientes y hay que atenderlos.

- Ya voy, es que el temblor de mis piernas no me dejan andar.

- Respira hondo y no pienses en nada más.

Terminé de colocarme los tacones y volví a mirar a esa chica rubia en el espejo, a esa chica que sin duda no era yo.

El pasillo hasta el salón se me antojó cortísimo, en un abrir y cerrar de ojos estábamos entrando al salón. Estaba lleno, en cada rincón había parejas charlando o algo más que eso, miré cada parte del salón como si tuviese que recordar todos los detalles. Al mirar a la barra vi un rostro conocido que me miraba de arriba abajo, con cara de sorpresa.

- Ahí está el jefe - dijo Carmen con voz temblorosa - por favor compórtate bien con él y complácelo en todo lo que te pida, por favor, me juego mucho en esta historia.

- No te preocupes, lo haré.

Creo que fue la única vez que mi voz sonó segura y aunque algo temblorosa, sé que Carmen confió en mí.

- Buenas tardes jefe, ¿cómo usted tan temprano por aquí?

- Bueno, digamos que tenía ganas de ver tu trabajo y lo cierto es que me ha sorprendido.

- Espero que para bien.

- No lo dudes. Bueno ¿cómo te llamas?

- Me llamo Ruth - mi voz sonó algo temblorosa pero conseguí controlarla.

- Bonito nombre, acércate no te voy a hacer daño, al menos por ahora - dijo con una sonrisa en sus labios.

- Está bien - dije mientras me acercaba a él siendo observada por Carmen con cara de terror.

Supongo que Carmen se temía que fuese otra la respuesta pero al final cedí en todo. Carmen me estuvo vigilando todo el tiempo que permanecí en la barra con el jefe, no se separó en ningún momento de nuestro lado.

- ¿Carmen?

- Sí jefe.

- ¿No tienes nada que hacer?

- Sí, claro, ya me marcho - dijo mientras me miraba con ojos de súplica.

Mis piernas no paraban de temblar, pensé que en cualquier momento terminaría en el suelo, por ello decidí sentarme cuando el jefe sujetó mi brazo y me acercó a él.

- Vamos a otro sitio donde estemos más cómodos.

Sin mediar más palabras y sin soltarme del brazo me guió hacia las escaleras que subían a las habitaciones. Desconcertada miré a Carmen y sus ojos seguían con esa preocupación de antes, asentí con la cabeza para intentar tranquilizarla pero supe que fallé en el intento cuando ella comenzó a caminar hacia mí. El jefe le hizo un gesto para que parara y se quedase en el sitio, Carmen hundió su rostro en el pecho y se giró volviendo a su posición.

La cara de preocupación de Carmen me hizo pensar seriamente en todas sus palabras a lo largo de esta semana, ¿sería verdad que se jugaba la vida? Me parecía increíble pero lo cierto es que con mis propios ojos había comprobado de qué eran capaces estos desgraciados. Jamás podría olvidar la cara de Carlos y su cuerpo ensangrentado, jamás podría olvidar sus caras mientras disfrutaban de la muerte de Carlos, jamás se lo perdonaría, los odiaba con todo mi ser.

En ese mismo momento comprendí que la única forma de salir de ese lugar era siendo más fuerte y teniendo menos escrúpulos que ellos, tenía que acercarme al enemigo para después poder acabar con él. Mi fuerza se basaría en el odio que sentía hacia ellos y mi vida en el ansia de venganza.

Llegamos a la habitación quince, a la habitación exclusiva, la puerta estaba entreabierta y pasamos dentro, él se fue directamente a la barra y yo sin mediar palabra, al espejo que estaba situado frente a la cama. En él observé un cambio en mis ojos, se habían quedado sin brillo y en ellos había aparecido un odio que los cubría de lleno.

- ¿Quieres tomar algo?

- ¿Cómo te llamas?

- Creo que eso da igual, ¿no?, puedes llamarme jefe como hacen todos.

- Estaría bien conocer el nombre de los hombres con los que me voy a acostar.

- Javier, me llamo Javier.

- Vodka con limón.

- ¿Qué? - dijo sonriendo sorprendido.

- Que quiero un vodka con limón, cargado por favor.

Supongo que su sonrisa era una prueba de que mi trabajo iba bien aunque aún me quedaba lo más complicado. Tomé el vodka casi de un solo trago y pedí repetir pero no me dio opción, me sujetó por detrás y comenzó a besar mi cuello. Respiré hondo y pensé en dejar mi cuerpo, intenté por todos los medios pensar que no era yo pero al sentir el cuerpo de él sobre el mío era superior a mí y no podía, permanecí lo más quieta posible mientras mis ojos se cubrían de lágrimas, intenté que no se notase no podía permitir que Carmen muriera por mí.

Mientras me tomaba, golpeó varias veces mi rostro y otras tantas, apretó mi cuello dejándome casi sin respiración, mientras yo rezaba esperando que en una de tantas ocasiones acabase con mi vida. Cuando se cansó de abusar de mí encendió la vela de la mesa de noche, tapó mi boca con su mano y colocó su enorme anillo en la llama, después lo apretó al lado de mi ombligo haciéndome chillar.

- No chilles, terminarás acostumbrándote a esto.

Se levantó de la cama y se vistió, yo intenté levantarme pero estaba adolorida y sin fuerzas. Como pude cogí mi ropa del suelo y vestí mi cuerpo amoratado, miré a la puerta esperando que desapareciese pero aún guardaba otra espina para mí.

- Ha estado bien, tenía pocas expectativas contigo pero ahora entiendo a tu novio Carlos - dijo mientras sonreía.

Mordí mi lengua hasta que noté sabor a sangre, no me convenía decirle que lo iba a matar, a él y a sus babosos perros falderos, me vengaría de todo el daño que me había hecho, me vengaría de él.

Mi regalo

Juventud, inocencia, locura,
en definitiva, felicidad.
Momentos increíbles,
llenos de amor y paz.

Odio, venganza, dolor,
con vacío en mi interior.
Soledad sin color,
vida sin calor.

Reencuentro con mi gente,
mi mejor regalo,
la muerte.

Capítulo 7

Mi regalo

El paso del tiempo es muy lento cuando tu vida es una continua tortura, aún así quedaba una semana para celebrar mi primer y último aniversario en el club. Estaba más que claro, estaba todo planeado, antes de terminar esta semana yo estaría fuera del club y fuera del país.

Las continuas torturas de Javier y de otros muchos clientes, fortalecieron mi carácter y mi mente, mi objetivo final era fugarme de aquel lugar, observé, planeé y tracé el plan perfecto.

Mi documentación seguía guardada en el colchón de aquella vieja cama, mi cuenta bancaria seguía abierta y creciendo gracias a las aportaciones de clientes contentos y fieles que jamás delatarían sus acciones. Con ello y con algún descuido del teléfono del club desde el cual compraría mi billete de avión, mi libertad estaba asegurada.

Mi cintura estaba rodeada de lado a lado de rosas que habían sido grabadas con fuego en mi piel, rosas que me recordarían toda la vida la deuda que fui pagando lenta y dolorosamente. Mi rostro reflejaba la dureza de lo vivido, la falta de inocencia y lo negro de mi alma. Mi inocencia se había disipado con cada golpe y cada violación.

Aún quedaban varios días para mi huida y tenía que seguir con mi trabajo y mi plan. Conseguí que uno de mis clientes fijos y generosos me regalase un móvil, con el cual podríamos hablar los días que no venía a verme y juguetear a través de él, y con el cual sería más sencillo comprar mi billete a la libertad. Cuando terminé mi trabajo con el cliente me disponía a entrar en mi pequeña habitación para guardar a buen recaudo el móvil pero alguien estaba sacando de allí mis pocas pertenencias.

- ¿Se puede saber que hacéis? - grité desde la puerta - ¿Javier? ¿Qué hacéis con mis cosas?

- No te preocupes Ruth, solo vamos a pasarte a una habitación más cómoda, ésta es muy incómoda para ti.

- No importa, ya me he acostumbrado a ella y estoy bien aquí.

- Te he dicho que no, te mudas y no hay más que hablar - dijo tajantemente.

- Está bien, pero permíteme que yo sea quien traslade mis cosas, no quiero que ensucien mis ropas, por favor.

- De acuerdo pero tienes cinco minutos, necesito la habitación libre.

- No te preocupes, tardo dos minutos.

Entré con apariencia tranquila para doblar mi ropa e irla colocando en unas bolsas para pasarla a la otra habitación, esperando que Javier marchase para poder recoger lo verdaderamente importante.

- Voy a hacer unas diligencias, cuando regrese no te quiero ver aquí.

- No te preocupes, cuando vuelvas no estaré aquí.

Cerré la puerta y saqué de dentro del colchón el dinero que había conseguido ahorrar y la documentación guardada en su interior, lo metí enseguida en las bolsas mezclado con las ropas del trabajo para que no se vieran y en menos de dos minutos salí de aquella habitación.

- ¿Dónde tengo que mudarme? - pregunté a uno de los hombres de Javier - ¿Lo sabes?

- Pregúntale a Carmen, ella es la que te llevará.

- Vamos Ruth, te instalarás en una habitación de las de arriba - contestó Carmen mientras abría la puerta metálica que daba al club - Vamos yo te llevo.

- Vamos entonces.

Seguí sus pasos en silencio, fijándome en su rostro de preocupación, supuse que tenía que ver con el motivo de mi traslado.

- ¿Te encuentras bien, Carmen? No tienes buen aspecto.

- Mejor no preguntes. Esto sigue siendo lo más complicado de mi trabajo.

- Es por mi traslado, ¿no?

- Por tu traslado no, es por lo que viene detrás.

- ¿Alguna nueva inquilina?

- Las nuevas inquilinas de esa habitación siempre son niñas inocentes que sufren las consecuencias de los fallos de sus parejas o familia, pero bueno que te voy a contar a ti que tu no sepas.

Asentí con mi cabeza, sin ganas de saber más de esa historia, sin querer conocer más detalles, bastante sufrimiento había tenido con mi historia como para saber más. Hacía ya tiempo que me había vuelto muy egoísta con los problemas de los demás, solo podía pensar en marcharme y lo haría aunque tuviese que pasar por encima del mismo demonio.

Coloqué mis cosas en mi nueva habitación con intención de descansar después de una noche ajetreada, tomé varias pastillas para dormir, ya que mi cuerpo se había habituado a ellas y no solían tener efecto. Me tumbé encima de la colcha y pronto mis ojos comenzaron a cerrarse dulcemente, hacía casi un año que no había vuelto a soñar, desde el sueño con mi madre solo habían pasado por mi mente pesadillas.

Sabía que era un sueño porque mi aspecto había vuelto a ser el de antes, mi pelo había crecido y había vuelto a su color, mi rostro era extraño, tenía una sonrisa que hace años que no veía. Era muy extraño, era feliz, jugueteaba de un lado a otro, esperándolo. Me giré y ahí estaba él, mi ángel, con su media sonrisa, mirándome y ofreciéndome sus brazos. Sin dudarlo me eché en ellos, él me abrazó y besó mis labios. Un dolor intenso ocupó mi corazón, al girarme vi la puerta del club donde dos malditos hombres entraban a una pobre niña que lloraba desconsoladamente. Su llanto me sobresaltó y desperté.

Pasé la noche en vela sin saber qué hacer, recordando mi entrada en ese club, recordando el sufrimiento y desolación. Solo me quedaban dos días para pasar página y desaparecer de este lugar pero la idea de que alguien pudiese pasar lo mismo que pasé yo me perturbaba. Ese sueño había hecho volver a mi conciencia para no dejarme marchar tranquila pero, ¿qué podía hacer yo?, ¿cómo podía ayudar a esa niña?

De pronto escuché un estruendo metálico que procedía del piso de abajo, sin dudarlo bajé las escaleras descalza e intentando no hacer ruido pero al abrir la puerta metálica que daba a la pequeña habitación el rostro de todos los allí presentes se giraron hacía mí.

- ¿Dónde crees que vas Ruth? - dijo Carmen con cara de pocos amigos - Vete a tu habitación, aquí no pintas nada.

- Solo venía a preguntarte si puedo cogerte un chándal he manchado el mío.

- Toma las llaves de mi habitación y coge lo que necesites pero márchate ya.

Cogí la llave de su mano y giré mi vista para ver quien se encontraba dentro de esa habitación. La imagen que vi me encogió el corazón, una chica con el rostro amoratado y desencajado por la situación, no debía de ser mayor que yo, tendría unos dieciséis o diecisiete años. Sus ojos se clavaron en los míos en un intento de pedir ayuda, no dejé que nuestras miradas se cruzaran mucho más, me di la vuelta y salí de allí cuanto antes.

Subí a mi habitación y me tumbé en la cama, con la intención de olvidar lo que había visto, ahora no podía preocuparme de nada más que mi huida si quería salir de allí. Cerré mis ojos pero la imagen de esa niña no se quitaba de mi mente, mis lágrimas aparecieron de nuevo en mis ojos al descubrir que todo lo planeado, todas mis esperanzas de salir de aquel maldito club se iban deshaciendo a medida que el rostro de esa niña se iba fijando en mi mente. No podía dejarla allí, no podía dejar que pasase por el mismo infierno que había pasado yo, jamás podría perdonármelo.

Mi plan había cambiado y ahora sí tenía claro que mi regalo de aniversario sería otro.

Esperé a no escuchar ningún ruido y bajé de nuevo a mi antigua habitación pero esta vez concienciada para que no me vieran, bajé las escaleras con gran sigilo y casi arrastrándome por el suelo para evitar ser vista, llegué a la puerta metálica e intenté que rechinara lo menos posible. La puerta de "mi" habitación como era de esperar estaba cerrada con unas cadenas y un candado. De pronto vinieron a mi cabeza las llaves de Carmen, en ellas había varias llaves pequeñas, las saqué de mi bolsillo y probé hasta que una de ellas abrió el maldito candado.

- No me hagas daño, no por favor - dijo entre susurros la niña, asustada.

- No te asustes, no voy a hacerte daño, soy Estela - mi nombre sonó extraño a mis oídos - Vengo a ayudarte, no te asustes.

- ¿Quién eres? ¿Por qué me han traído aquí?

- No sé porque estás aquí, supongo que algún familiar o pareja tiene una deuda con esta gentuza.

- No tengo familia ni pareja, vivo en la calle hace varios años, me escapé del orfanato y desde entonces vivo sola.

- ¿Qué? - no podía creer que esta gentuza también secuestrase a niñas indefensas para prostituirlas - No te preocupes, te voy a sacar de aquí, al menos tu te salvaras de este infierno.

- Sí, por favor, sácame de aquí.

- Me recuerdas mucho a mí cuando entre aquí, a mí me secuestraron por deudas de mi pareja y llevo viviendo en este infierno un año pero se acabó, vamos a salir de aquí, te lo prometo, tengo un plan.

- Haré lo que me digas pero por favor, sácame de aquí.

- ¿Tienes tu documentación guardada?

- No, tuve que escapar del orfanato y no tengo documentación - En ese momento comprendí que solo una de las dos podría escapar lejos de allí - ¿Qué te pasa? Me vas a ayudar, ¿verdad? Por favor, no me dejes aquí.

- No te preocupes, te prometo que saldrás de aquí. Mañana a estas horas estarás libre. Ahora tengo que marcharme antes de que se despierten para comer, no pueden saber que he estado aquí ni nada de lo que hemos hablado, si no nos matarán a las dos, ¿de acuerdo?

- No diré nada.

- Entonces mañana me pasaré por aquí sobre esta hora, ellos a esta hora descansan, cuídate hasta entonces - dije mientras me dirigía a la puerta para salir.

- Gracias Estela, nadie se había preocupado nunca por mí.

- Pues ya es hora que alguien lo haga, ¿no crees? - miré su rostro con la mejor de mis sonrisas y ella aún preocupada intentó devolvérmela aunque sin lograrlo.

Mi preocupación se disipó al escuchar el agradecimiento de esta niña, al ver su rostro algo más aliviado, al volver a escuchar mi nombre. Cerré la puerta y volví a mi habitación sin que nadie me viese, sin dudarlo cogí el móvil y llamé a la compañía aérea para concertar un vuelo para mañana a Burdeos, de allí a Carennac había dos horas y media de viaje y una vez allí comenzaría la vida que yo no pude vivir, en mi casa, con mis recuerdos y con mi vida.

En realidad no incumpliría la promesa de mi madre, he estado luchando por vivir aguantando un infierno, aguantando torturas, aguantando lo inaguantable, hasta hoy. Sé que ella me comprenderá, y sé que Javier no perdonará esta traición. Las dos no podemos escapar juntas pero ella tendrá otra oportunidad, aquella que la vida se negaba a darme a mí.

Ya con el vuelo concertado para dentro de dos días, ya que no había ninguno antes, y más tranquila intenté descansar hasta la hora de la comida, cerré mis ojos pero en ese momento la puerta de mi habitación sonó.

- ¿Dónde has metido mis llaves?

- Las tengo aquí, al final me he apañado con el chándal sucio.

- Ya te veo, parece que has estado arrastrándote por el suelo - creo que pocas veces había tenido Carmen tanta razón.

- Bueno luego me cambio, ahora estoy cansada. Por cierto, ¿quién es el culpable de que esa niña esté aquí?

- No te metas en nuestros asuntos, no te interesa nada de la vida de ella.

- Solo quería saber si ...

- No te metas - me cortó tajante.

- Está bien, no me meto pero ¿puedo preguntarte algo a ti?

- ¿Qué quieres saber? - dijo con cara de desconfianza.

- ¿Nunca te has arrepentido de lo que haces?

Sujetó fuertemente mi cuello, casi sin dejarme respirar, me miró fijamente a los ojos y yo la desafíe con la misma mirada. Solo la retiré cuando de sus ojos parecían salir llamas.

- Jamás, jamás vuelvas a hacerlo. No se te ocurra volver a juzgarme si no quieres morir en el intento- soltó mi cuello y se dirigió a la puerta - Solo hago lo necesario para vivir, sabes que es la única forma de que no me maten.

- ¿Y merece la pena?

- Dímelo tú que aguantas las torturas del jefe para seguir viviendo.

Cerró la puerta de un golpe y contestó a mi pregunta con su respuesta, supongo que hasta el día de hoy había merecido la pena, no cabía otra explicación para aguantar todo lo aguantado. En realidad todo esto habrá valido la pena si conseguía mi objetivo, si esa niña inocente tenía su segunda oportunidad para vivir.

Cerré mis ojos para intentar descansar, el rostro de esa niña cambió totalmente, su blanca sonrisa y el brillo en sus ojos enternecieron mi corazón, la observaba mientras se marchaba en aquel taxi, al girarme mi familia estaba esperándome, sus manos estaban cada vez más cerca de las mías, llegando con ellas una gran tranquilidad y paz a mi corazón. Sus labios tapaban los míos, mi ángel me abrazaba, pero sus ojos estaban encharcados en lágrimas. En ese mismo momento un golpe en la puerta me sobresaltó, era el aviso de la hora de la comer.

Tuve que bajar, ya que pasada esa hora no vuelven a ofrecer comida. Nadie sacó ningún tema de conversación, todos estaban serios y con la cabeza cabizbaja. Se notaba en sus rostros que algo no iba bien, supongo que la entrada de la nueva niña no era plato de gusto para ninguno de los allí presentes.

Después de la comida subí a mi habitación para ir arreglándome para el jefe, hoy tocaba su visita, como cada martes, aunque después de este nada volvería a ser igual, pasara lo que pasara me había prometido a mí misma que sería la última vez que ese desgraciado pondría sus manos en mi cuerpo.

Bajé a esperas de que llegara el jefe, con ganas de que pasara este día para que todo por fin terminase, necesitaba estar en paz, necesitaba desaparecer, necesitaba dejar este infierno atrás.

Al ver que Javier tardaba pregunté a Sara por él, aunque me dijo que no sabía nada, su rostro la delató. Sin dudarlo crucé la puerta metálica hacia mi antigua habitación y como no, allí lo encontré.

- ¿Ya te has olvidado de mí? ¿Hoy no me visitas?

- Estoy ocupado, ¿y tú qué haces aquí?

- He venido a buscarte, tardabas mucho.

- Hoy no tengo humor para acompañarte, vete a la sala a trabajar.

- ¿Puedo ayudarte?

- ¿Se puede saber qué quieres?, ya te he dicho que te vayas a trabajar.

- Quiero ayudar, Carmen está muy atareada últimamente y yo sé lo que hay que hacer, sabes que no te defraudaría.

- ¿Quieres que me fíe de ti para este trabajo? ¿sabes la responsabilidad que esto conlleva?

- Lo sé, y hasta hoy no te he defraudado, ¿no?

- Sabes que no perdono errores.

- Lo sé, y no cometeré ninguno.

Me miró sorprendido y algo desconfiado, miró a Carmen y ésta tenía la misma expresión de sorpresa en su rostro.

- ¿No os fiais de mí? ¿No os he demostrado a ambos después de un año que soy de confianza? - me giré con cara de pocos amigos hacia la puerta metálica.

- Espera Ruth - dijo Javier - Está bien, te encargas de ella, quiero que cures sus heridas, que cambies su imagen y que cambies su actitud, así no nos sirve para nada.

Volví a girarme y me acerqué con paso firme hasta llegar a su altura, lamí sus labios como gratitud por su confianza y susurré en su oído que no se arrepentiría. Al menos eso debía de creer, ya que la única forma de asegurarme que no le ocurriera nada a esa niña era estar a su lado.

- Carmen, tráele algo para cenar y cierra la puerta. Dame las llaves mañana nos espera un día largo.

- ¿Qué pretendes? - dijo Carmen desafiante.

- Haz lo que te dice, Carmen, está a su cargo.

- ¿Me esperas en la habitación? Voy enseguida.

Asintió con la cabeza mientras se giraba para salir del pasillo. Esperé hasta que salió por completo, me acerqué a Esquirla y sin dejar de mirarlo le avisé: "Si la tocas, te mato". Salí del pasillo no antes sin cruzar una mirada fría y desafiante con Carmen.

Después de respirar muy profundamente subí las escaleras para sufrir mi última tortura.

El vuelo de Andrea, que así se llamaba esa niña, saldría el jueves sobre las dos de la tarde, aprovecharíamos la mañana para escapar. El día que nos quedaba lo pasamos con explicaciones, le regalé todos mis recuerdos, toda mi vida para que ella pudiera ser feliz, para que ella tuviera una oportunidad de seguir viviendo, al fin y al cabo a mí no me quedaba nada, el único sueño era salir de este infierno, fuera como fuese.

Esa noche no pude pegar ojo, estaba tan impaciente porque llegará la hora de salir de allí y tan nerviosa por como saldría todo que la noche se me antojó eterna, demasiado larga, demasiados recuerdos y sentimientos.

Por fin el reloj marcó las once en punto, hora clave para que todo el mundo estuviera descansando en el club, hora perfecta para salir de allí. Bajé con sigilo las escaleras y abrí la puerta de la habitación donde se encontraba Andrea. Se encontraba sentada en la cama, con cara de preocupación y sin poder mediar palabra. Entré sonriendo e intentando que no notase la preocupación que sentía.

- Por fin, llegó el día. ¿Tienes todo preparado como te dije? - asintió con la cabeza sin poder hablar - Quédate tranquila todo va a salir bien, saldremos de aquí.

- Tengo miedo.

- No te preocupes, todo saldrá bien, ahora vamos a llamar y nos vamos.

Llamé a un taxista conocido de uno de mis clientes al cual comenté que quería ir de compras a la ciudad, me dijo que en quince minutos estaría en el lugar acordado. Esperamos en la habitación hasta que llegó la hora, por miedo a que nos descubrieran y por fin llegó el momento.

Salí de la habitación lo más sigilosamente que pude, fui a la puerta trasera que estaba cerrada con una cadena y un candado, probé varias llaves que había robado a Carmen cuando ésta me las prestó y en efecto una abría ese candado. Lo dejé abierto pero colocado para que aparentase estar cerrado mientras iba a por Andrea, le sujeté fuertemente las manos y la arrastré tras de mí sin mediar palabra, abrí la puerta y coloqué nuevamente la cadena y el candado.

Fuimos a la esquina de la calleja donde quedamos con el taxista pero antes intenté inhalar todo el aire que estaba a mi alcance, hacía un sol de verano pero corría una brisa que hacia muchísimo tiempo que no notaba en mi rostro, sin darme cuenta una lágrima se derramó por mi mejilla y pregunté:

- ¿Qué día es hoy?

- Creo que 26 de julio

Sonreí y recordé a Carlos, estaba segura que desde el cielo me estaba ayudando a que todo saliera bien, en este día no podía dejarme sola.

Llegamos al taxi, y por fin un poco de tranquilidad cuando vi a Andrea sentada en la parte de atrás.

- Vamos móntate Estela - dijo mientras me hacía un hueco.

- No, yo no voy - dije mientras intentaba sonreír - las dos jamás lograríamos salir, tienes que irte, sabes todo lo necesario y ésta es tu oportunidad.

- Pero te van a matar, tienes que venir conmigo.

- No te preocupes, no va a pasar nada, sigue hasta el aeropuerto y embarca lo antes posible, una vez en el avión comienza tu nueva vida.

- No te puedo dejar aquí.

- Sí, sí que puedes - le besé en la frente y me dirigí al taxista.

- Por favor, al aeropuerto.

De pronto, el taxista bajó del coche sujetando mi mano, intenté soltarme asustada hasta que reparé en su rostro. No podía creer lo que estaba sucediendo, era él, era mi ángel, y me reconoció, no sé cómo pero siempre está ahí, siempre ayudándome.

- No te voy a dejar aquí, monta en el coche por favor.

- No, no puedo, tienes que llevártela tienes que sacarla de aquí - dije mientras mis ojos se llenaban de lágrimas - Llévatela, no pierdas más tiempo, por favor.

- Volveré a por ti.

Conseguí que montase en el coche y marchasen, de repente sonó un estruendo al final del callejón y supe que había llegado el momento. Giré mi rostro para comprobar que estaba en lo cierto cuando divisé a Esquirla sacando su pistola de detrás de su pantalón, en ese momento comencé a correr hacia arriba, buscando algún lugar donde resguardarme. Supongo que aunque había estado preparándome para este momento, nadie se deja matar sin luchar antes.

Subí la calle arriba lo más rápido que pude, escuchando cada vez más de cerca los gritos de Esquirla, me encontraba en un polígono industrial o algo parecido, estaba rodeada de naves, todas cerradas, impidiendo que pudiera entrar para resguardarme en ninguna de ellas, intenté girar por varias calles sin saber donde iba pero intentando escapar de los hombres de Javier.

Paré un segundo para poder tomar aire, miré a ambos lados de aquel callejón que se encontraba casi oscuro y vi una sombra que se acercaba por el lado derecho, sin dudarlo e intentando no hacer mucho ruido corrí hacia el lado contrario. Paré bruscamente al encontrarme de frente con Esquirla

- Zorra, ¿cómo se te ocurre traicionarnos? Te voy a matar.

- Hazlo pero al menos jamás tocaréis a Andrea, sois unos desgraciados.

Sin mediar más palabras su arma se disparó, noté un quemazón bajo mi pecho y de nuevo volvió a sonar el arma, esta vez en mi vientre. El dolor se apoderaba de mi cuerpo cuando sonó de nuevo un arma, otros dos disparos los cuales no llegué a sentir. En ese momento Esquirla cayó al suelo y unos brazos fuertes me sujetaron antes de caer.

- Dios mío, ¿qué te han hecho? - dijo mientras mis ojos lo miraban sorprendidos.

- ¿Y Andrea? ¿Está bien?

- No te preocupes, va camino del aeropuerto con un compañero, estará bien.

- ¿Por qué? No la tenías que haber dejado sola.

- No podía dejarte, no puedo perderte - dijo mientras me cargaba en sus brazos - no cierres los ojos, no los cierres, ¡Estela!

Sueños

Dicen que los sueños son ilusiones,
que las ilusiones son esperanzas,
que las esperanzas son vida.

En la vida los sueños nos ilusionan,
las ilusiones nos dan esperanzas,
y las esperanzas, fuerzas para vivir.

Los sueños rotos se reconstruyen,
las ilusiones perdidas vuelven,
y la esperanza siempre nos guía.

Sueña para vivir,
vive para soñar.

Capítulo 8

Sueños

Dicen que cuando estás a punto de morir, tu vida te pasa por delante en un segundo, no es cierto, cuando estás a punto de morir piensas en todo lo que quieres hacer, todo lo que te falta por vivir.

Intenté abrir mis ojos pero no podía, sabía que no estaba sola, escuchaba a mi ángel alrededor de mi cama. También escuchaba una voz de mujer que discutía con mi ángel por haberme llevado a aquel lugar. No entendía nada pero estaba tranquila, su voz y sus manos sujetando las mías me mantenían viva.

Esta vez desperté en la habitación del hotel donde me quedaba con mis padres, escuché risas y me asomé al baño de la habitación, encontré a mamá y papá con Dani revoloteándole en pelo.

- Cariño, ¿qué haces aquí? - me dijo sorprendida de verme.

- He venido para quedarme con vosotros.

- No, eso no es posible cariño, no deberías estar aquí.

- Pero yo os echo de menos y no puedo seguir sin vosotros.

- Sí que puedes, has sido muy valiente y tienes que seguir adelante. Hay personas que te necesitan y de ti depende su felicidad.

- Mi ángel - dije instintivamente

Mamá se acercó y me besó, en ese momento comencé a recordar a Andrea montada en el taxi, a Esquirla en aquel callejón, la sangre de mi pecho y a mi ángel sujetándome.

Un soplo de aire llenó mis pulmones y mis ojos se abrieron de par en par, no conseguía ver más allá de unos focos que me deslumbraban, poco después una sombra se acercó a mí, el rostro de una mujer con cara de pocos amigos me examinaba.

- ¿Cómo te encuentras? ¿Sabes cómo te llamas?

- ¿Dónde estoy? ¿y mi ángel? - dije entre susurros.

- Has estado entubada hasta esta mañana supongo que por eso no puedes hablar bien. Te encuentras en la sede Ángeles Negros, soy Sofía, la médica de esta unidad, estás aquí por un error, nunca debiste entrar aquí, Uriel se equivocó.

- ¿Qué? No sé de qué me habla.

- Has estado una semana en coma, después del tiroteo. Descansa porque a partir de ahora estás dentro y no podrás salir.

- ¿Quién es Uriel?

- Supongo que ese que dices que es tu ángel. Descansa, es una orden.

Inyectó algo en mi vía y mis ojos comenzaron a pesar, volví a tener la misma pesadilla, todo aquel terrible año volvía a pasar por mi mente, todas las torturas, cada violación, todo lo pasado hasta conseguir escapar de aquel maldito lugar. En ese momento unas manos sujetaron las mías y desperté asustada.

- Perdona, no quería asustarte - dijo con su preciosa voz.

- No, no te preocupes, estaba teniendo una pesadilla.

- ¿Cómo estás? Me dijo Sofía que habías despertado y que te encontrabas bien.

- Sí, estoy bien, aunque algo confundida, no sé donde estoy y no entiendo porque Sofía me ha dicho que no puedo salir de aquí.

- Por eso he venido, quiero ser yo quien te explique esto. Quizás no debería haberte traído aquí pero no supe donde llevarte cuando te vi herida. Lo siento.

- ¿Lo sientes? Me has salvado la vida, no tienes que sentir nada.

- Esto no es un hospital del que puedas salir como si no hubieras visto nada, es un centro de reclutamiento. La gente que trabajamos aquí somos especialistas en armamento, delincuencia y especialistas en eliminar todo aquello que hace que la sociedad no esté segura.

- ¿Un ejército?

- No, nosotros trabajamos solos, no dependemos de ningún gobierno o al menos oficialmente, nos ocupamos de acabar con aquello que el gobierno por motivos de ética no puede acabar. Nos hacemos llamar "Ángeles Negros" y una vez que se está dentro no se puede salir.

- No se puede salir vivo - dijo Sofía desde la puerta - Uriel ha cometido un error al traerte, nosotros somos quienes elegimos quién entra. Aunque en este caso yo apoyaré tu candidatura porque no se busque más problemas de los que ya tiene debido a tu entrada aquí.

- ¿Y qué pasa ahora? - pregunté sin entender muy bien que estaba ocurriendo.

- Pues pasa que tendrás que internarte en una de las tres categorías que existen dentro del centro, tendrás que prepararte durante unos meses hasta que el grupo de expertos considere que estás preparada para comenzar.

- ¿Y cuáles son las opciones?

- Te veo muy animada a comenzar.

- Estoy segura que no va a ser tan duro como de donde vengo, no creo que exista nada peor que eso.

- Te puedo asegurar que vengas de donde vengas nunca habrás tenido que pasar por algo peor que esto, no todo el mundo aguanta.

- Aguantaré.

- En ese caso te explicaremos las opciones - dijo Uriel animándome a seguir - puedes trabajar de interna, recopilando información de los casos que seguimos, planificando las salidas y preparando el armamento, creo que es una buena opción para ti. La otra opción es estar fuera del centro, sirviéndonos de gancho, informándonos de sucesos violentos o situaciones complicadas en las cuales tengamos que implicarnos. Cualquiera de las dos opciones será buena - dijo convencido.

- ¿Y la tercera? Sofía ha dicho que eran tres.

- La tercera opción está cerrada.

- No Uriel, la tercera está abierta, tú la has traído pero tendrá la opción de escoger dónde quiere estar - dijo con tono enfadado- la tercera opción es la de Ángeles Negros, se llaman así porque son los que hacen el trabajo sucio, son los que limpian la ciudad de delincuentes, para ello hay que prepararse física y mentalmente, es muy duro y pocos aguantan la presión pero gracias a ellos la sociedad puede estar un poco más tranquila.

- Dios mío - dije sorprendida - no puedo creer lo que está pasando.

- Pues espabila niña, aquí hay que aprender a hacer las cosas con rapidez, en ello te va la vida.

- ¿No hay otra opción? Yo solo quiero poder vivir tranquila.

- Sí - dijo mientras ponía sobre mi cama una cajita de madera.

- ¿Qué haces Sofía?

- Tiene que saber todas las opciones.

Abrí la cajita mientras Uriel discutía con Sofía por haberme entregado la caja, contenía una jeringuilla de plata con un botecito de cristal insertado, el cual contenía un líquido transparente y algo denso.

- Es ácido sulfúrico, inyectado en vena es rápido y mortal, sin posibilidad de fallo.

Asustada separé la caja de mi lado sin pensarlo dos veces y dije: "Aguantaré".

- Está bien ahora solo tienes que decidir dónde te quedas - dijo Sofía.

- A su lado, él es quién me ha traído y con quien quiero estar.

- No, no puedes entrar, estás débil y no nos sirves. En Ángeles Negros solo están aquellos que no tienen nada que perder, nada por que luchar, no nos importa morir.

- Uriel, ella decide.

- Pero no va a servir.

- Está bien, si no pasa el examen de entrada la pasaremos a internos.

Salió enfadado de la habitación dando un fuerte golpe en la puerta.

- No te preocupes, se le pasará.

- No entiendo porque se ha puesto así - dije esperando una respuesta - yo no tengo nada que perder y es la opción que más me interesa.

- Supongo que no quiere cargas.

- Hace tiempo que dejé de ser una carga para nadie, sé cuidar de mí misma.

- Si fuera así, no estarías aquí. Si de verdad quieres estar en su grupo prepárate a conciencia, no va a ser fácil. El examen es dentro de un mes y tus compañeros te llevan meses de ventaja.

Sus palabras me hicieron pensar, supongo que el motivo de querer pertenecer a ese grupo tenía nombre. Pero llegados a este punto, ya que la vida me había dado una nueva oportunidad, no iba a desperdiciarla, iba a hacer lo que estuviera en mis manos para ser feliz.

La única forma de seguir adelante era trabajar para ellos, obedecer y prepararme. Quería estar a su lado, desde el primer día que sus manos rozaron mi cuerpo, en la armería, mi corazón comenzó a latir por él. Su olor, el roce de su piel, sus labios, el latido de su corazón, esa media sonrisa que me hizo enloquecer. Todo me indicaba que era él.

Después de intentar descansar, la mañana siguiente desperté con ganas de comenzar a trabajar, no podía permitirme perder más tiempo, mis compañeros estaban aventajados y no podía dejar correr más el tiempo.

Intenté abrir la puerta de la habitación pero se encontraba cerrada, miré por los cristales intentando ver si había alguien al otro lado, pero no tuve éxito. Di varias vueltas hasta que la puerta se abrió.

- ¿Qué te ocurre? - dijo Sofía preocupada.

- Buenos días, me llamo Estela y soy la nueva recluta de Ángeles Negros. Quiero comenzar a trabajar ya.

- Bienvenida - dijo sonriente.

- Quiero saber que tengo que hacer.

- Bueno para empezar necesitarás ropa, esa bata no acompaña. El entrenamiento comienza a las ocho, aún es temprano pero me dará tiempo a enseñarte todo el centro y a instalarte en tu habitación. ¿Me sigues?

- Por supuesto.

Sin más dilaciones, la seguí hasta un vestuario donde me ofreció varias mudas de ropa de trabajo, toda negra. Me enseñó la sala de tiro, las aulas de práctica, el comedor, el centro interno de información, la armería y por último la zona de las habitaciones. Éstas eran mixtas, con varias literas y unas taquillas al lado de éstas para colocar la poca ropa que teníamos.

- Bueno Estela, aquí te dejo, comienzas este reto, te deseo suerte.

- Gracias, estoy segura que todo va ir bien.

- No te confíes, esto no va a ser un camino de rosas.

- No lo haré, trabajaré duro.

- Tu cama es la última a la derecha, en la taquilla del lado puedes colocar tus cosas.

- De acuerdo.

- Ahora cámbiate y baja a desayunar, el entrenamiento comienza en media hora.

Intenté cambiarme lo más rápido que pude para poder desayunar y no llegar tarde a las clases. Aún me molestaban las heridas de bala pero no estaba dispuesta a perder más tiempo, me miré en el pequeño espejo de la taquilla y mayor fue el dolor al ver el cinturón de rosas que Javier había ido haciendo en mi cintura en este año infernal.

- Aún no estás bien - dijo su voz dulce sobresaltándome.

- Me has asustado, no te he escuchado entrar.

- He venido para intentar convencerte de que cambies de opinión, no estás preparada para esto.

- Tú no lo sabes, y estoy decidida a hacerlo.

- No lo entiendes, esto no es el colegio que puedes cambiar de especialidad si no te conviene. Aquí solo se elige una vez, si sirves bien, sino se acabaron las oportunidades.

- Sofía dijo que si no superaba el examen me pasarían a internos.

- Sofía no es quien manda, y temo que Gonzalo no piense igual. Aquí no dan muchas oportunidades.

- Lo voy a hacer bien, confía en mí.

- Por Dios, ¿no te das cuenta?, no vas a aguantar.

- Si lo haré, estoy segura.

- No te quiero a mi lado - dijo mirándome fríamente a los ojos.

- ¿Qué? - dije asombrada - ¿por qué me recogiste de aquel callejón entonces? - su silencio me hizo reaccionar rápido - No te preocupes, no quiero ser una carga para nadie, no tendrás que verme más allá de las clases.

- Eso espero - contestó furioso mientras abandonaba la habitación.

Esto no pintaba bien, pero bueno, nadie dijo que conseguir metas fuera fácil, terminé de vestirme lo más rápido que pude y me dirigí a buscar la primera clase que indicaba el horario que Sofía me había entregado. Me costó averiguar en qué día nos encontrábamos y el aula en la que tenía la clase. Cuando llegué la puerta estaba entreabierta y los mis compañeros sentados, y al abrir la puerta lo volví a encontrar.

- Llegas tarde.

- Perdona pero no encontraba el aula - continué mi camino hacia una de las sillas libres.

- ¿No me has oído? Has llegado tarde, esto no es el colegio, fuera.

- ¿Qué? Es mi primer día y no sabía donde era la clase.

Sin más dilación me cogió por el cuello y me empotró contra la pared, mis pies no conseguían llegar al suelo.

- ¡Fuera! No consiento retrasos en mi clase y mucho menos contestaciones ni quejas.

Sus ojos estaban enfurecidos hasta que mi boca soltó un leve quejido cuando apretó mi abdomen contra la pared, en ese momento me dejó caer.

- No vuelvas a llegar tarde o estás fuera. Ahora márchate, no quiero verte.

Sin más me levanté del suelo y salí como pude de la clase, cerré la puerta de un golpe e intenté seguir caminando pero me sentí mareada y caí en el suelo, intenté respirar para reponerme, hasta que el dolor remitió. Cuando decidí levantarme comencé a escuchar su voz, sus explicaciones eran de armamento y la verdad es que después de trabajar en la armería todo aquello me sonaba y allí sentada tomé los apuntes que pude.

- ¿Qué haces aquí? La clase es dentro - dijo Sofía sorprendida.

- Shhhh, lo sé. He llegado tarde. Si hablas no puedo tomar apuntes.

- Está bien, ahí te dejo.

Mientras miraba como Sofía se marchaba la puerta se abrió.

- ¿Se puede saber que estás haciendo?

- Pues tomar apuntes. Me has echado de clase pero no dijiste nada del pasillo.

- Dije que no te quería ver.

- Pues no haber abierto la puerta.

- ¿Qué está pasando aquí?

- Nada Sofía, la he echado de clase por llegar tarde pero sigue aquí.

- Estoy en el pasillo, he obedecido y he permanecido aquí sin molestar.

- Ya basta, Gonzalo está por el centro, si queréis evitaros problemas solucionar esto ya.

Nos miramos fijamente y me hizo un gesto para que entrara en clase. Pasé sin discutir más y me senté. Después de cinco minutos de clase, comencé a notar de nuevo ese molesto dolor. Apreté la herida con intención de que el dolor pasara pero al hacerlo me di cuenta que mi camiseta estaba empapada en sangre. Me levanté de inmediato y me dirigí a la puerta.

- ¿Se puede saber dónde vas ahora?

- Tengo que marcharme - comencé a marearme de nuevo - tengo que salir.

- Pero qué crees que es esto.

En su intento de sujetarme para que no me marchara sujetó mi brazo y mis rodillas se tambalearon.

- ¿Qué te ocurre? - esta vez su voz sonó preocupada.

- Nada, tengo que salir.

Salí como pude escondiendo la debilidad de la que mi ángel hablaba, llegué a enfermería casi arrastrándome. El golpe contra la pared hizo que unos puntos se soltaran, nada grave, nada que me haga desistir de mi objetivo.

Al día siguiente madrugué y llegué la primera a clase. Cuando llegó Uriel ya estaba sentada en mi asiento, me miró y se notó una leve sonrisa en sus labios.

Las clases transcurrieron normalmente, primero la clase con Uriel, luego Blanca, Gonzalo y Raúl. Las clases se basaban en armamento y estrategias, también se daba un poco de psicología e interpretación. En cada clase nos contaban actuaciones del grupo, nos preguntaban qué haríamos en la situación y aunque la mayoría de las veces no acertábamos, íbamos aprendiendo rápidamente.

El tiempo que no pasaba en clase lo dedicaba a estudiar y prepararme en el gimnasio. En clase eran solamente diez y conmigo hacíamos once, las actividades de prácticas las hacíamos en grupo, en mi grupo éramos tres, el grupo más pequeño, aunque estaba segura que juntos lo conseguiríamos. Me llevaba bastante bien con los chicos de mi grupo, Abel y Marcos, me trataban con igualdad, de tú a tú y para mí, después de sentirme despreciada tanto tiempo, era primordial.

Gema era mi compañera de litera y aunque no estaba en mi grupo congeniamos desde el primer momento, terminé sentándome con ella en clase y preparándonos juntas para el examen.

El gimnasio de la sede lo compartíamos con los profesores aunque no solíamos cruzar palabra con ellos, no eran de lo más agradable en clase con nosotros. Supongo que ese es su trabajo, ya que entre ellos sí que se llevaban bastante bien, sobre todo Blanca y Uriel, solían entrenar juntos y entre ellos todo eran sonrisas. Procuraba no mirar mucho para que no notase mi malestar cuando los veía tan bien juntos.

Como cada día después de la comida quedé con Gema para ir al gimnasio pero no se encontraba muy bien y decidió ir a dormir un rato. Yo seguí con mis planes, supuse que no habría nadie allí como siempre. Cuando llegué a la puerta del gimnasio me sorprendí de que la música estuviera sonando, poca gente iba al gimnasio a esas horas, entré sonriendo esperando encontrar a Marcos o Abel pero me quedé parada delante de la puerta cuando me encontré a Uriel de frente.

- ¿No entras? - dijo Uriel cuando me vio parada en la puerta.

- Sí, claro, es solo que pensé que no había nadie.

Ignoró mis palabras y continuó golpeando el saco. Intenté hacer lo mismo, pasé por su lado y me dirigí a la cinta. Después de media hora bajé de la cinta y por fin vi entrar a Marcos por la puerta. Sentí un gran alivio, cuando lo vi, me dirigí hacia él, al menos así no habría tanta tensión.

- Pequeña mía, ven aquí - dijo mientras me levantaba en peso - Estás preciosa incluso sudada.

- Que tonto eres.

Marcos estaba siempre igual, nos mimaba demasiado aunque la verdad es que se agradecía. Sujetó mi cintura y comenzó a bailar conmigo, al final terminamos riendo y olvidando que Uriel estaba allí.

- Tenéis que tener el examen muy bien preparado para estar de tan buen humor, ¿no? Porque solo quedan dos semanas...

- Por supuesto jefe, somos los mejores - dijo Marcos sin vacilar - Vamos a aprobar.

Se dio media vuelta hasta llegar a unos guantes de boxeo que se encontraban colgados y se los lanzó.

- Demuéstralo.

- ¿Qué? - dije sorprendida- Marcos no lo hagas, aún no, vas a terminar herido.

- ¿No decías que eráis los mejores? Sois todos iguales, sois unos mierdas.

Enfadada le quité los guantes de un tirón y me los coloqué, no estaba dispuesta a que hiciera daño a Marcos y por supuesto a aguantar más desprecios.

- ¡Vamos! - le grité mientras subía al ring - ¡Vamos!

Me ignoró y tiró sus guantes mientras se marchaba a las duchas. Me sentí furiosa por su desprecio y sin pensarlo bajé del ring y después de recoger sus guantes del suelo me dirigí a las duchas.

- ¿Qué haces? ¿Estás loca?

- Suéltame Marcos, esto no va a quedar así.

- Te van a echar.

- Pues que me echen - dije mientras me desenvolvía.

- Marcos déjala - sonó la voz de Blanca desde la puerta.

La miré y continué mi camino a las duchas, estaba furiosa y nadie me pararía. Cuando entré estaba desnudo en las duchas, continué caminando hasta estar detrás de él. Continuó duchándose ignorándome, tiré los guantes a su lado y le grité:

- ¡Vamos!

- ¿Qué haces? - dijo dándose la vuelta.

- Tendrás que demostrar que soy una mierda, no voy a tolerar más desprecios.

- Estás loca, te van a echar por esto.

- No tengo nada que perder.

De repente sujetó mi brazo y me llevó dentro de la ducha con él, me sujetó bajo la ducha y todo intento por soltarme fue en vano.

- Baja esos humos, ambos sabemos de dónde vienes, deja de dártela de tan digna - dijo mientras intentaba besarme.

Estas palabras fueron balas que volvieron a atravesarme pero esta vez en el corazón, sin pensarlo lancé con todas mis fuerzas un puñetazo sobre su rostro. El golpe hizo que me soltara.

- ¡Jamás, jamás! - dije entre lágrimas - No vuelvas a hacerlo, aunque me cueste la vida no voy a tolerar esto. Prefiero morir.

Salí de las duchas como alma que lleva el diablo, no crucé palabra con Blanca ni Marcos.

- ¡Estela para!, ¿qué ha pasado?

- Marcos déjame, ahora no.

No sabía dónde ir, pasé por la habitación de enfermería donde empezó todo y sin dudarlo entré, era uno de los pocos lugares que estaban vacíos. Lloré hasta que mis ojos se quedaron secos, lo único por lo que seguía luchando me odiaba y no conseguía saber por qué.

Cuando vi que las luces bajaron su intensidad salí de la habitación de enfermería y me dirigí a la de los alumnos, allí se encontraban esperándome y no pude retener de nuevo mis lágrimas.

- No llores mi pequeña - dijo Marcos mientras me abrazaba - todo va a salir bien, no voy a dejar que te ocurra nada malo.

Gema y Abel también se abrazaron a nosotros y terminamos todos llorando.

- Estoy bien chicos, no os preocupéis vale, necesito descansar. Solo estoy cansada.

- Venga chicos dejarla, vamos a dormir.

Gema me conocía bastante bien y sabía que no era muy dada a ciertas escenitas. Me fui al baño a darme una ducha y colocarme el pijama, era tarde y mañana sería un día complicado.

Cuando salí estaban todos en sus camas, menos Marcos que estaba en la mía.

- ¿Qué haces?

- No te voy a dejar sola. Ven que te hago un hueco.

- No hace falta que le hagas hueco - sonó su voz en la oscuridad - Cámbiate, nos vamos.

- Si te la llevas a ella tendrás que llevarme a mí, yo fui quien origino todo esto.

- No me tientes niño.

- ¡Marcos para! No hagas esto más complicado - cogí ropa de mi taquilla y me marché – Vamos, me cambio fuera.

- Estela no te vayas.

- Despídeme de Abel y Gema. Os quiero.

Cuando salí me dirigí directamente a los vestuarios a cambiarme. Cuando estaba colocándome el pantalón, entró Uriel a darme un chándal, no quería que tuviese ropa de trabajo, supuse que estaba fuera y no era conveniente que un cadáver vistiese sus uniformes. Cuando terminé él entraba.

- Bonito chándal para morir, ¿no? - dije intentando hacerme la fuerte.

- ¿Eso piensas de mí? ¿Crees que sería capaz de terminar contigo?

- Dímelo tú, para qué me has sacado de mi habitación entonces.

- Tenemos que hablar y no puede ser aquí - dijo mientras me sujetaba e inyectaba algo en mi brazo - Shhhh.

Dilema

Dos son los caminos.
Libertad unida a soledad,
o reclutamiento a su lado.

¿De qué sirve la libertad?
¿De qué sirve ver las estrellas?
¿De qué sirve si no puedo sentirte?

Reclutamiento sintiendo su olor,
aislamiento escuchando su voz,
bendito encierro al lado de mi amor.

Capítulo 9

Dilema

Sentí sus labios en los míos y sus brazos sujetándome, escuché otra voz pero la inyección me hizo caer en un profundo sueño.

Cuando desperté aún era de noche, sus manos estaban acariciando mi pelo, sus ojos derramaban lágrimas desconsoladas. Sus dedos rozaban mis labios, mientras sus ojos se cerraban.

- Lo siento, siento mucho haberte hecho daño. Jamás pretendí hacerlo pero esta situación está desbordándome. Lo siento.

Me quedé tan sorprendida que no supe reaccionar. Él seguía con los ojos cerrados y sus lágrimas seguían cayendo por su rostro. Me incorporé y le acaricié limpiando sus lágrimas, en ese momento abrió sus ojos y sin duda era él, era mi ángel. Me abrazó y mi cuerpo se estremeció al sentirlo tan cerca de mí, su olor, el latido de su corazón, mi ángel me hizo volver a sentir.

- No sé qué me pasa contigo, desde el día que te vi en la armería no he podido dejar de pensar en ti. Pensé que no volvería a verte pero el día que volví a encontrarte, ese día pensé que podía perderte. Lo siento no tenía que haberte llevado allí, fui muy egoísta, lo siento no sabía qué hacer.

- ¿Por qué lo sientes? Me salvaste la vida, por segunda vez.

- Pero te he condenado a un encierro y a una vida sangrienta, no debería haberte llevado allí.

- Me has llevado a tu lado, con eso me basta, soy feliz así.

Me retiré de sus brazos para que viera que lo que decía era cierto, gracias a él seguía viviendo y viviendo feliz. Su rostro estaba cabizbajo y lo elevé hasta la altura del mío, sonreí para intentar animarlo y conseguí una leve sonrisa. Sus ojos estaban sobre unas oscuras ojeras, uno de ellos estaba algo hinchado y morado.

- Lo siento - dije mientras lo acariciaba - espero que no te haya dolido mucho.

- Estoy acostumbrado a golpes - dijo sonriendo - eres muy floja para hacerme daño.

- Permite que lo dude.

- Descansa un poco, aún es temprano.

- Aún no me has contado que hacemos aquí.

- Cuando despiertes hablamos de ello.

- ¿Y tú? ¿no duermes?

- No suelo dormir mucho, además hay un sofá fuera bastante cómodo.

Me eché hacia el lado y le ofrecí el que quedó libre, me miró sonriente y sin pensarlo se tumbó a mi lado. Al poco de sentirlo a mi lado me quedé dormida, la inyección seguía haciendo efecto.

Como cada noche las torturas de Javier volvían a mis sueños, y como cada noche terminé despertándome sobresaltada.

- ¿Estás bien?

- Sí.

- Pero si estás temblando.

- Estoy bien, tengo frío - no quería que supiera por donde había pasado, no quería recordar - Estoy bien, no te preocupes.

Sin dudarlo entró debajo de las sábanas y me abrazó, cada vez que su cuerpo tocaba el mío un enorme calor subía por todo mi cuerpo, su aliento rozando mi cuello hacía que todo mi ser lo deseara.

- ¿Mejor así?

- Mucho mejor.

- Marcos no pensará lo mismo pero ya poco importa.

- ¿Marcos? - lo miré y su sonrisa de pícaro le desveló - ¿Por qué no me lo preguntas directamente si tanto te interesa?

- Supongo que me da miedo la respuesta.

Me estiré hasta que mis labios estaban a la altura de los suyos, miré fijamente a sus ojos y sus manos sujetaron firmemente mi cuerpo sobre el suyo. No puede esperar más, mis labios se unieron a los suyos, todo mi cuerpo se estremeció, jamás había sentido nada así, era como si mi cuerpo llevara esperándolo toda la vida. Después de responder a mis labios, sus manos me sujetaron y retiraron, aunque sin dejar de abrazarme.

- No me lo pongas más complicado, no llevo bien las despedidas.

- ¿Despedidas? ¿A qué te refieres?

- Mañana vamos al aeropuerto, cogerás un avión a Burdeos, es donde iba Andrea, supongo que allí tendrás tu vida.

- ¿Y tú?

- Yo no puedo, me encantaría poder marcharme contigo, hacer como si no tuviera esta vida pero terminarían encontrándonos y terminarían con los dos.

- Te buscarás problemas cuando no me vean allí.

- Me las apañaré, no te preocupes por mí. Seré feliz sabiendo que tú lo eres. Prometo buscarte si algún día salgo de aquí, te lo prometo.

Sus brazos apretaron mi cuerpo sobre el suyo y sus labios volvieron a besarme. No pude volver a dormir, yo solo quería vivir tranquila, olvidarme de problemas, ser feliz, pero ser feliz a su lado. Después de pasar el resto de la noche pensando, lo tenía claro, iba a luchar por mi felicidad, por mi felicidad junto a él.

- Quiero quedarme a tu lado, - dije pensando que aún dormía - quiero estar contigo.

- No, no puedes hacer eso.

- Prefiero estar a tu lado que ser libre y estar sola.

- Esta vida no es para ti - dijo mientras sujetaba mi rostro - tienes que marcharte, encontrarás a alguien que te haga feliz, tendrás una vida normal.

- No quiero una vida normal si no estás tú.

- Pero no ves que tampoco podremos estar juntos, la organización no permite relaciones. En la organización tu vida es de ellos, no puedo permitirlo.

- Esa decisión es mía y prefiero eso a no volver a verte.

- No discutamos más por favor, entiéndeme, se lo que es esta vida y no es ejemplar.

- Pero...

- Ya vale, no voy a discutir más, estás fuera y no volverás allí.

Se levantó y se salió de la habitación. Me levanté y fui detrás de él. Temía que se marchara y no pudiese hacer nada por seguir con él.

- ¿Dónde vas?

- Voy a bajar a por algo para desayunar, vuelvo en cinco minutos.

- ¿Vas a volver?

- Claro, ya te he dicho que esta tarde te llevaré al aeropuerto – me dio un beso en mi frente para despedirse - confía en mí.

Sabía que no iba a retroceder en su decisión y no podía permitir que me echara de su vida. Di vueltas por toda la casa pensando qué podría hacer para que cambiara de opinión. En la mesa del comedor al lado del móvil de Uriel había un broche, un broche que me resultaba familiar y de pronto mi mente comenzó a recordar. La voz que escuché cuando Uriel me sacó de la organización era la de Sofía, la dueña del broche y de la casa donde nos encontrábamos. Sin dudarlo la llamé y aunque terminé discutiendo con ella terminó entendiendo mi postura, no me quedó claro si me ayudaría pero sé que buscaba lo mejor para Uriel y el que yo desapareciera de allí y con Marcos como testigo no era nada bueno para él.

Escuché la puerta y dejé rápidamente el móvil en la mesa colocado tal y como lo cogí, aunque antes ya había borrado la llamada.

- ¿Qué haces ahí sentada?

- Esperando a que volvieses, tenemos que hablar.

- No hay nada más que hablar. Vamos a desayunar y pasar el día tranquilamente, déjame disfrutar de ti, por favor. Sabes que no voy a cambiar de opinión.

- Está bien.

Desistí de convencerlo sabiendo que no era ese el camino, preferí disfrutar de su presencia e ir pensando cómo lograr volver a la organización.

Mientras preparaba el desayuno permanecí tumbada en el sofá viendo como se desenvolvía en la cocina, no se le daba mal del todo.

- ¿Qué?

- Nada.

-Como que nada, ¿por qué miras tanto?

- Nada - dije sonriendo - solo observo como cocinas.

- Consigues ponerme nervioso - dijo mientras seguía cocinando.

- Intentaré no mirar - dije soltando una carcajada.

 Intenté entretenerme con la televisión pero no había nada interesante, termine en un canal musical. Uriel comenzó a colocar la mesa para el desayuno y me levanté para echarle una mano.

- ¿Dónde vas?

- Voy a ayudarte.

- No, siéntate que yo traigo lo que falta.

- Estás muy acostumbrado a mandar, ¿no?

- No era una orden pero estás descalza y vas a coger frío.

- Ya - dije mientras que le lanzaba un cojín - ahora ya no puedes mandar en mí.

- Aún soy tu jefe - dijo en tono desafiante y con mirada juguetona.

- ¿Sí? Pues mira el caso que te hago.

En el canal musical comenzó a sonar una canción movidita y comencé a bailar burlándome de él. Sonrió llevándose las manos a la nuca.

- Marcos jamás me dejaría bailar sola.

- ¿Marcos? Sí, muy bailón nos ha salido Marquitos.

- Además lo hace muy bien.

- Ya - dijo mientras se acercaba a mí, cogió mi cintura llevándola hacia la suya - ¿qué más hace bien Marcos?

Después de preguntar comenzó a mover su cintura pegada a la mía, su mano bajó por debajo de mi cintura y sus labios comenzaron a rozar mi cuello. Hizo girar mi cuerpo y después me llevó hacia él cogiéndome en peso sobre su cintura.

- ¿Sigues pensando en Marcos?

- ¿Quién te ha dicho que pensaba en él?

Sus labios y los míos se unieron para prender nuestros cuerpos, su olor, sus manos me hicieron enloquecer. Mis piernas se enlazaron a su cintura como si de ello dependiera mi vida. Sin parar de besarme me llevó en volandas hacia la habitación y suavemente me dejó sobre la cama. Me miró fijamente a los ojos durante un eterno segundo, sujeté su mano y me lo acerqué para volver a besarle.

El calor subía por todo mi cuerpo cuando su piel se descubría y se unía a la mía, sus labios rozaban toda mi piel a medida que mi ropa iba cayendo al suelo. Cuando volvió a mis labios, mis manos desabrocharon su pantalón y terminamos desnudando nuestros cuerpos para dar paso a nuestros sentimientos.

Su boca, su sonrisa, sus ojos, todo su cuerpo me pertenecía. Sus manos me sujetaban uniéndome a su cuerpo, sus labios no paraban de rozar mi piel y en sus brillantes ojos conseguía verme. Este era mi paraíso particular, mi cielo azul, mi estrella, mi ángel, donde permanecería toda la vida, dulce locura.

Con su dedo acariciaba mis mejillas y sonreía, me abracé a su pecho desnudo para no separarme jamás. Permanecimos abrazados en la cama hasta que el sonido de su móvil nos sobresaltó, se levantó de la cama como alma que lleva el diablo. Asustada me puse la ropa interior y la chaqueta del chándal, fui a la puerta del baño para intentar escuchar algo. Sin duda hablaban de mi viaje, después de todo no había conseguido hacerlo cambiar de opinión, desolada salí de la habitación y me senté en el sofá, no quería seguir escuchando.

- ¿Qué haces aquí? ¿Se te ha abierto el apetito? - salió sonriendo de la habitación.

- No, lo cierto es que tengo el estómago cerrado.

Mi voz sonó a desconsuelo, y sin pensarlo se arrodilló frente de mí.

- ¿Qué pasa? ¿Qué te ocurre?

- Dímelo tú.

- No tengo otra alternativa, no puedo llevarte a una vida de desdicha.

- Mi vida ha sido una desdicha hasta que te conocí, te necesito, no puedes separarme de ti.

- Pídeme lo que quieras, lo que quieras menos esto.

- Esto es lo que quiero.

Se levantó del suelo y con voz sería me dijo que no era posible. Enfadada me fui a la habitación a terminar de vestirme, me coloqué toda la ropa con intenciones de salir de allí. Cuando terminé me dirigí a la puerta e intenté abrirla pero estaba cerrada.

- Dame la llave.

- Sabes que no puedo, sabes que si te dejo salir terminaran contigo.

- Dame la llave - dije golpeando la puerta.

- ¿Por qué haces esto tan complicado? - dijo sujetándome contra la puerta.

- No me toques - mis palabras salieron como rotas por mis lágrimas.

- Debes entrar en razón es lo mejor para ti - dijo mientras destapaba una jeringuilla - de aquí a unos años te alegrarás.

- No lo hagas, no me apartes de ti - inyectó el líquido de la jeringuilla en mi brazo - ¿Por qué?

- Por qué te quiero, prometo buscarte.

Sujetó mi cuerpo antes de que cayera, me colocó en el sofá y limpió mis lágrimas. Acarició mi rostro y mis ojos se cerraron cuando me besó.

Mis ojos no podían abrirse, intenté moverme sin éxito cuando me introdujo en el coche, lo escuché hablar con alguien durante el trayecto. Todo estaba preparado para mi viaje, ya nada podía hacer, terminaría en mi lugar de origen pero sola, sin él y sin ni siquiera saber si volvería a verlo. Cuando llegamos me bajó del coche y me colocó en una silla, su compañero ya estaba allí esperándolo. Mi consciencia volvía a entrecortarse, estaba muy cansada y volví a caer dormida sin saber donde despertaría.

- Despierta, despierta - dijo Sofía mientras me agitaba - despierta.

- ¿Qué pasa?

- Tenemos que salir de aquí.

Me sujetó llevándome casi a rastras, cuando me monté en su coche vi un chico tirado en el suelo. Respiré profundamente al darme cuenta que volvía a su lado, que Sofía me estaba ayudando.

- Gracias.

- No pienses que lo hago por ti. No me caes bien, no me fío de ti pero no puedo permitir que Uriel sea castigado por dejarte marchar.

- Gracias de todas formas.

- Jamás me perdonaría que le pasara algo a Uriel. No entiendo que ha visto en ti para hacer estas locuras, nunca se había comportado así. Ponte esto - dijo mientras me ofrecía un antifaz - no puedes saber donde vamos.

- Está bien.

Permanecí en silencio durante todo el trayecto, no quería molestar después de que Sofía había quedado claro que no era santo de su devoción. Cuando llegamos me sacó del coche y aún con el antifaz me propinó un fuerte golpe en la cabeza el cual me hizo caer de golpe al suelo.

- Gonzalo, la he encontrado, se ha caído y está inconsciente en el parking. Mándame a Raúl para que me eche una mano para subirla a enfermería.

Sujetó mi cara quitándome el antifaz. Con cara de desprecio y de pocos amigos me dijo que si salía de mi boca alguna palabra sobre lo ocurrido en estos dos días me mataría con sus propias manos.

- ¿Qué ha pasado aquí Sofía?

- No sé Raúl, la encontré aquí tirada.

- Resbalé al bajar las escaleras - dije medio atontada del golpe - me he golpeado.

- Sofía sube a hablar con Gonzalo, Uriel está detenido.

- ¿Qué?

- Marcos le ha dicho que se llevó Estela. Yo me encargo de subirla a enfermería.

Cuando subimos Uriel estaba en enfermería con Gonzalo y Sofía. Su rostro estaba desencajado cuando me vio.

- ¿Qué te ha pasado? - dijo con voz de preocupación.

- Después de hablar contigo en los vestuarios, fui a dar una vuelta y caí de las escaleras del parking.

- ¿Cómo es que nadie la vio? ¿Quién reviso el parking? - dijo Gonzalo furioso.

- Fui yo Gonzalo pero volví a bajar de nuevo y estaba allí.

- Joder Sofía hay que prestar más atención. Uriel disculpa mi desconfianza.

- No importa - dijo sin apartar la vista de mis ojos.

- Sofía cose la herida de la chica o terminará desangrada - dijo antes de marcharse con Raúl.

- Luego hablamos, esto no se va a quedar así - dijo Uriel.

Uriel se marchó dando un fuerte golpe. Sentí que nada iba a ser igual pero me consolaba pensar que podría volver a verlo. Sofía cosió mi herida y mientras tanto no abrió la boca para nada, se sentía tensión pero las dos decidimos dejar así las cosas. Cuando terminó me levanté, agradecí su cura y sin más salí a intentar buscar a Uriel.

Busqué por el gimnasio, las aulas, el vestuario pero finalmente di con él en la sala de tiro. Cogí un arma, los cascos y las gafas. Y me coloqué a su lado, aunque intentó evitarme.

- ¿Qué te pasa?

- Me marcho.

- Tenemos que hablar.

- No - dijo mientras sus ojos miraron hacia arriba - no vamos a hablar.

Miré hacia donde sus ojos me indicaron y me di cuenta de las cámaras que grababan la zona. Uriel salió y después de dos tiros rápidos salí tras él, hacia las duchas. Cuando entré había varias duchas encendidas, miré a ambos lados pero no se encontraba por allí, al intentar salir, me sujetaron fuertemente tapando mi boca e introduciéndome en uno de los servicios.

- ¿Qué has hecho? ¿Por qué? Me he jugado la vida para que salieses de aquí.

- Solo estoy luchando por lo que quiero, no podía irme sin más.

- Si de verdad sintieses algo por mí te hubieras marchado, así nos sigues poniendo en peligro, además has involucrado a Sofía.

- Lo siento pero no tenía otra salida, no me diste otra opción.

- La opción era marcharte - dijo mientras golpeaba la pared - esa era tu opción.

- ¿No crees que soy mayorcita para decidir por mí? Estoy harta, solo estoy luchando por lo que quiero y nunca, escúchame bien, nunca he estado tan segura de nada.

- Si existía alguna posibilidad de que estuviésemos juntos acabas de perderla, uno de los dos terminará muerto. Te arrepentirás de haber vuelto.

- Te avisaré cuando eso suceda.

- A partir de ahora solo somos profesor y alumna, no quiero saber nada más de ti, nada. Estás sola en esto.

- Hace tiempo que se lo que es la soledad, deja de preocuparte por mí.

Lo separé de mi camino y salí de los vestuarios, todo entre nosotros dos quedó más que claro, acababa de buscarme otro enemigo, a partir de ahora estaba sola como siempre pero a diferencia de todos estos años ahora tenía un objetivo. Nadie conseguiría desviarme de él, sabía que mi ángel sentía lo mismo que yo y eso sería mi fuerza para continuar.

Cuando me dirigía a las habitaciones vi salir a Marcos sujetado por dos agentes y corrí a su encuentro.

- ¡Marcos! ¿Dónde te llevan? ¿Dónde lo lleváis?

- Va a pasar una noche en el calabozo, así aprenderá.

- No te preocupes pequeña, todo va a salir bien, ahora que veo que estás bien no me preocupa nada.

Sin poder hacer nada por él se lo llevaron arrestado, no pude dormir, aquel arresto fue en parte culpa mía pero no podía permitirme perder a Uriel por muy egoísta que sonase. Aproveché mi desvelo para entrenarme en el gimnasio y en la sala de tiro. Por la mañana llegue a clase esperando la asistencia de Marcos pero nada, por más que miraba su asiento este permanecía vacío. A la hora de la comida no pude más y fui al despacho de Gonzalo, tenía que saber que estaba ocurriendo. Cuando llegué a su puerta Uriel se encontraba fuera hablando con él, su rostro quedó perplejo al verme en aquella zona.

- Gonzalo tengo que hablar contigo.

- ¿Tú quién eres?

- Soy Estela, una de las reclutas, quiero saber que está pasando con Marcos.

- Estás loca, ¿qué haces? - dijo Uriel sin salir de su asombro.

- Me dijeron que estaría una noche en el calabozo y aún no ha salido.

- ¿Estás cuestionando nuestra forma de trabajar?

- Solo quiero saber que está pasando.

- Está bien, te llevaré a verlo, sígueme - Uriel intentó seguirnos pero en vano - Uriel no te muevas de aquí, sé hacer esto solo.

Cuando miré su rostro vi su cara de preocupación y supuse que algo no iba bien, que tanta amabilidad por parte de Gonzalo no era muy normal. Bajamos a una zona bastante oscura, era como las antiguas cárceles, con rejas de hierro oxidado y olor a humedad. Cuando llegamos abajo, me invitó a pasar a una de las celdas, me quedé fuera por desconfianza pero sujetó mi pelo y me empujó hasta que entré.

- Este lugar es como el del tal Marcos, ¿contenta?

- Quiero saber cómo está.

Antes de terminar me propinó un puñetazo en la mejilla que me desvió hacia atrás hasta chocar con la pared húmeda de aquel antro. Después sujetó fuertemente mi cuello sin dejar que el aire llegase a mis pulmones.

- No se te ocurra volver a hacer esto o estás muerta. Aquí nadie cuestiona mis decisiones. ¿Te queda claro?

Hice un leve movimiento con la cabeza, todo me había quedado claro. Soltó mi cuello para propinarme otro puñetazo que partió mi labio. Después de sus palabras supe que esto es lo menos que me había pasado después de desafiarle. Me encerró en la celda y se marchó, dejándome tirada en el suelo. Después de varias horas encerrada, traté de ordenar mis ideas, pensar como continuar viva dentro de la organización, como conseguir que Uriel no me apartase de él. En esas horas eché de menos su presencia, pensé que bajaría por mí en cuanto supiera que me habían encerrado pero no fue así, me encontraba sola, tal y como él me avisó cuando volví.

El frío comenzó a meterse en mi cuerpo y comenzó a temblaba sin parar. En ese momento alguien se asomó a la reja de mi celda.

- ¿Tienes frío niña? - dijo uno de los guardias con tono amable.

- Estoy bien.

- No, no lo estás, espera que te ayudo.

Entró en la celda con una manta algo vieja, con el color desteñido por el uso pero con pinta de abrigar.

- A ver quítate la ropa, la tienes mojada.

- ¿Qué?

- Qué te quites la ropa.

- No, estoy bien así.

Me empotró contra la pared y comenzó a quitarme la ropa, rajó la camiseta arañándome mientras quitaba los trozos rotos. Conseguí soltar uno de mis brazos con el que golpeé varias veces su cara, logrando sacarlo de encima de mí, cuando salí de la celda me sujetó y caí al suelo, me golpeó con varias patadas en el pecho y la cabeza, quedé medio inconsciente y aprovechó para sacarme el pantalón. Cuando se tumbó sobre de mí, golpeó varias veces mi rostro. Las imágenes del pasado volvieron a mi mente, Javier, Esquirla y todos los demás, prometí que jamás permitiría algo igual. Grité con todas mis fuerzas mientras lo empujaba fuera de mí, cuando cayó a mi lado comencé a golpearlo hasta dejarlo casi inconsciente, le robé sus armas y me retiré.

- Dámelas - dijo mientras se levantaba - sabes que no tienes salida, nadie te creerá.

Vi el miedo en sus ojos, sabía que no me pararía. Todo mi cuerpo temblaba pero mi brazo apuntaba firmemente a su cabeza. Por las escaleras bajaban Gonzalo y Sofía, detrás de ellos varios hombres.

- ¿Qué está pasando aquí? - dijo Gonzalo sorprendido.

- Se ha vuelto loca, me golpeó y me robó las armas.

- Estela baja esa arma, es una orden. Sofía llama a Uriel, es su recluta.

- Estoy aquí Gonzalo - dijo mientras bajaba las escaleras.

Mi mirada seguía fija a la cabeza del guardia, seguía la misma dirección que mi arma.

- Estela para esto - dijo mientras se acercaba - dame el arma.

- Quieto - dije apuntándole con el arma - no te acerques. Retrocede.

- Estás muerta, no podrás salir de aquí - dijo Gonzalo mientras desenfundaba su arma - ¡Baja el arma de una vez!

- Espera Gonzalo - dijo Sofía sujetando su brazo - mira esas marcas, solo se está defendiendo. La han intentado forzar.

- Eso no es cierto, yo no he hecho nada. Es una puta ¿vais a creerla?

Sus palabras me llenaron de rabia, me acerqué a él poniendo el cañón del arma en su cabeza, sin dudarlo apreté el gatillo. El arma estaba descargada, haciendo que mi rabia se convirtiera en desolación. Uriel sujetó mi mano y me arrastró hacia él para abrazarme.

- Se acabó, ya está, estoy contigo, dame el arma - dijo susurrando en mi oído - no va a pasar nada, estoy aquí.

Solté el arma, quedando mi mano entumecida de sujetarla con tanta fuerza, cuando Uriel la retiró mi cuerpo comenzó a temblar. Me cubrió con la vieja manta y me derrumbé, las lágrimas me ahogaban, no me permitían respirar. Pronto llegaron dos guardias para sujetarme, Uriel los retiró sin dudarlo.

- Dejadla, yo me encargo.

- Súbela a enfermería, tenemos que hablar.

Mientras que Sofía curaba mis leves heridas, Uriel se paseaba nervioso por la habitación, hasta que la puerta se abrió.

- Gonzalo esto no ha sido culpa suya.

- ¡Uriel cállate! ¡Tú!, estás a cargo de él, a la próxima que falles estáis fuera los dos. ¡Queda claro!

- Se hacerme cargo de mí misma.

- Ya veo - dijo mientras rozaba el cinturón de rosas de mi cintura - pero esto es aún peor de lo que hayas podido vivir. Aquí no hay segundas oportunidades.

Cuando se marchó me levante de la cama para salir fuera de allí, no aguantaba más la situación. Cuando pasé por su lado sujetó mi brazo.

- ¿Entiendes ahora? Entrando aquí solo vas a tener problemas, jamás tenías que haber vuelto, jamás.

- Esa decisión no te correspondía tomarla a ti.

- Estoy cansado de sacarte de problemas.

- ¡Pues no lo hagas! Flaco favor me estás haciendo - las lagrimas comenzaron a salir de mis ojos - hace año y medio que todo tenía que haber terminado en la armería, cambiaste el destino y desde entonces estoy sufriendo las consecuencias, mi vida es un infierno. Cuando creo tocar el cielo alguien se encarga de volverme a arrastrar al infierno. ¡No vuelvas a meterte en mi vida!

Salí como alma que lleva el diablo de la enfermería, cuando llegué a la habitación Marcos estaba esperándome, salí a correr a su encuentro y me abracé a él desesperada.

- Ya está mi pequeña, estoy aquí.

- No me sueltes.

- Jamás lo haría - dijo apretándome contra su pecho - todo irá bien pequeña.

Continuó abrazado a mí sin separarse ni un milímetro, solo hizo un pequeño giro para colocarme tras él cuando vio a Uriel entrar.

- ¿Qué haces aquí? ¿no le has hecho ya bastante daño?

- Seguramente - su voz desolada terminó de romper mi corazón - solo quería asegurarme de que estaba bien.

- Lo está, está conmigo. ¡Deja de molestarla!

- Lo haré, solo quiero que me prometas que cuidarás de ella.

- No lo dudes.

Cruzó su mirada un solo segundo con la mía, el dolor de su corazón también lo reflejaban sus ojos. Sentí unas inmensas ganas de abrazarlo, de decirle que lo quería. Al intentar avanzar a su encuentro Marcos volvió a abrazarme y no tuve fuerzas para continuar tras él.

La lucha

Duro camino hacia la batalla,
incertidumbre ante lo desconocido,
adrenalina y odio contenido.

Violentas batallas,
vencedores y vencidos,
amigos perdidos.

Una victoria con sabor amargo,
pero una vida para olvidarlo.
Sus besos curaran mis heridas,
con sus manos estaré protegida.

Capítulo 10

La lucha

Después de pasar toda la noche en los brazos de Marcos, desperté sobresaltada.

- ¿Estás bien?

- Sí, es solo una pesadilla. ¿Qué hora es?

- Aún es temprano, quedan dos horas para las clases.

- Voy a levantarme.

- ¿Ya?

- Sí, quiero tomar una ducha tranquila, y voy a bajar a desayunar.

- ¿Segura que estás bien?

- Sí, quédate durmiendo.

Salí de la habitación y me di una ducha para despejarme, la cabeza me iba a estallar. Después de vestirme, recorrí todas las aulas en busca de Uriel, necesitaba verlo pero fue en vano. Bajé al comedor para tomar algo y tampoco estaba.

- ¿Cómo estás Estela? - me preguntó Sofía sobresaltándome.

- Bien, estoy bien.

- ¿Buscabas algo?

- Creo que sabes a quién busco.

- No está, ha salido a una misión, tardará en volver.

- ¿Está bien?

- Ahora sí.

- Sé que no te caigo bien pero yo tampoco haría nada para perjudicarlo. No quiero que sufra.

- Pues aprueba el examen, si no ambos estaréis fuera, ya escuchaste a Gonzalo. Si fallas lo arrastras contigo.

- Lo haré.

Me marché del comedor para prepararme para las clases, tenía que pasar esa prueba fuera como fuera. No podía permitirme ni un error más, no si de ello dependía su vida.

Durante las restantes semanas me dedique a prepararme a conciencia, apenas dormía y comía, solo lo suficiente para mantenerme en pie. El examen era la clave para que ambos, aunque fuese por separado, pudiésemos seguir viviendo.

La noche antes del examen no pude conciliar el sueño, el día siguiente era el día más importante para nuestras vidas y dependía de mí. Nunca sentí tanta presión, lo había echado tanto de menos que no quería estar un día más alejada de él. Durante estas semanas él era mi primer pensamiento y el último, solo él ocupaba mi mente.

Tocó la alarma que indicaba la hora de levantarse, aunque hacía rato que estaba preparada para ir al aula. Primero el examen teórico, constaba de veinte preguntas y dos prácticas tácticas, tres horas de examen. Diez minutos de descanso y examen de tiro, después de una hora a la sala de armas a montar armas en un tiempo límite. Terminé el examen con una sensación bastante extraña, todo el miedo que nos dijeron que teníamos que tener al examen ¿solo para esto?, me supo a poco y me quedé extrañada.

Bajamos a comer y a comentar el examen, todos con la misma sensación, todos apostábamos por un aprobado, ninguno creía haber suspendido.

Tanto Uriel como Sofía temían dicho examen y éste no fue para tanto, solo quedaba esperar los resultados.

A las cinco en punto entramos en el aula donde se encontraban todos los profesores en fila, todos menos él. Todos sonrientes y con cara de satisfacción.

- Sentaros todos, tenemos buenas noticias para ustedes - comenzó a hablar Gonzalo - pasad.

- Primero deciros que nunca se nos había dado esta situación - dijo Blanca con cara de asombrada - se ha producido un aprobado general. Enhorabuena a todos, estáis dentro.

Estas palabras provocaron una euforia generalizada, todos saltaban y chillaban, era comprensible, habían salvado sus vidas. Aunque a mí algo seguía sin cuadrarme, era evidente que algo no iba bien.

- Enhorabuena Estela - dijo Gonzalo - ¿no te alegras?.

- Me alegraré cuando empiece a trabajar.

- Bueno deja el trabajo para más adelante, esta noche tenemos la fiesta de graduación. Saldremos a las afueras de la ciudad a celebrarlo, habrá muchas sorpresas, hay que premiar al mejor alumno.

- No estoy para muchas fiestas.

- Ya pero no podéis faltar.

- Está bien.

Cuando llegamos a la habitación teníamos colocados en las literas vestidos de fiestas para las chicas y trajes de chaqueta para los chicos. Todos estaban como locos pero a mí seguía sin cuadrarme algo.

- Bueno chicos estos es genial, ¿no? Mi vestido es azul y bastante escotado - dijo Gema entusiasmada - voy a probármelo.

- Espera Gema, ¿no os parece esto raro?

- ¿Él qué?

- Joder, llevan diciéndonos todo el curso que siempre hay vencedores y vencidos, llevan todo el curso diciendo que el examen lo pasan muy pocos y resulta que aprobamos todos. Algo raro está pasando.

- La verdad que a mí también me ha extrañado tanta amabilidad - confirmó Marcos - Gonzalo no suele ser así, lo sé por experiencia.

- Ya, yo también lo he experimentado. Esperad un momento, es la fiesta.

- ¿Qué?

- El examen, dijo que no podíamos faltar, la fiesta es el examen.

- Tanto ejercicio te ha estropeado la cabeza.

- No Abel, no va tan desencaminada, que mejor sitio para comprobar nuestra valía. Nadie se espera eso, se supone que es una fiesta.

- Está bien, tenemos que prepararnos.

Aunque a regañadientes Gema y Abel siguieron las instrucciones que Marcos y yo les dimos sobre la estrategia a seguir. Guardamos varias armas por persona, mapas, localizadores y los aparatos de comunicación internos del grupo. En la entrega de material, Gema despistó al guardia con sus insinuaciones mientras Abel y Marcos retiraban el material nuevo para dejar los nuestros en el puesto.

Cuando volvimos a la habitación parte de las chicas estaban preparándose.

- En una hora vienen a recogernos - nos avisó uno de los compañeros - no podemos llegar tarde.

- Gracias, no lo haremos. Bueno chicos, vamos a comer algo ¿no?

- Sí, tengo apetito, los nervios me dan por comer. Uf, por fin algo de marcha.

- Abel, no puedo creer que te apetezca esto. Estás loco.

- Y me lo dices tú que peleaste con el jefe por ver a Marcos.

Le solté una colleja y marchamos a comer. Cuando subíamos nos tropezamos con Blanca que ya estaba ataviada para la ocasión.

- ¿Aún estáis así?

- No tardaremos, no podemos perdernos esta fiesta.

- Espabilaros, salimos en quince minutos.

- Por cierto tienes un poco de cinta adhesiva, los zapatos me aprietan y me van a hacer rozaduras.

- En el cajón del aula creo que hay.

- De acuerdo, gracias.

Mientras Gema y yo nos arreglábamos para la ocasión Marcos fue a por la cinta adhesiva, con ella pegamos en nuestro cuerpo las armas, los dispositivos de comunicación los llevamos instalados, todo estaba preparado para la ocasión. Nos pusieron unos antifaces para tapar nuestros ojos. Marcos me dio la mano para que no tropezase con los tacones, seguía siendo algo torpe con ciertos zapatos.

- ¿Dónde vas con esa mochila Abel?

- Son los zapatos cómodos de las chicas, ya sabes lo flojas que son.

- Está bien, sube.

Pensábamos que iba a ser un autobús pero eran coches todoterreno, nos daban una pista sobre el lugar donde íbamos. El viaje duró bastante, además las carreteras o caminos por donde pasamos no eran muy cómodos, demasiadas curvas y baches para mí estómago.

Nos bajamos y destapamos nuestros ojos, todo era perfecto, una enorme cubierta de madera decorada para la ocasión, un inmenso bosque verde, música y a la derecha una barra donde guapos camareros servían copas. Nada más bajar nuestros comunicadores comenzaron a funcionar, Marcos explicaba las posibles salidas de la cubierta y los lugares que rodeaban, explicó hacia donde iríamos cada uno, a todos nos quedó claro todo. El viaje no me sentó muy bien y me sentía un poco indispuesta, Marcos me acompañó hasta la pista de baile de la cubierta.

- Ya estamos aquí pequeña, ¿quieres bailar?

- Ahora no Marcos, tengo el estómago a punto de salir.

- Venga anímate, disfrutemos por lo que venga.

Sujetó mi cintura, y comenzó a bailar, cuando me giró ahí estaba él, vestido con traje gris y camisa negra. Era el ángel más bello que existía en el cielo, o el infierno. Marcos me arrastró hasta la pista y todo comenzó a darme vueltas, me deshice del nudo de sus brazos y salí disparada fuera de la pista a vomitar.

- ¿Estás bien?

- Te avisé que mi estómago no estaba bien. Pero no te preocupes ya estoy mejor.

- Esa es mi chica, no puedes fallarme hoy.

- No lo haré, pasaremos esto.

Cuando subimos las escaleras de la pista, estaba en la barra, mirando hacia el frente. Intentando ignorar mis pasos, a Marcos se le escapó un leve gruñido cuando lo vio.

- Por favor, ¿puede ponerme una tónica? - Marcos pensó que mi estomago se repondría mejor con ella - fría.

- Las bebidas están alteradas chicos cuidado con lo que bebéis - avisó Abel por los intercomunicadores.

- ¿Puede probarla? Es para ver si está lo suficientemente fría.

- Lo siento señorita pero no me gusta la tónica.

- Está bien pues tomaré su bebida - dije robando al camarero el vaso que iba a colocar a Uriel - esto estará bien, gracias.

- Es whisky, no creo que a tu estómago le siente muy bien.

- Creo que mejor que esa tónica.

Uriel permaneció en silencio mientras me marchaba, no me dedicó ni una leve mirada. Me dolía tanto su desinterés que no podía permanecer a su lado. Marcos volvió a llevarme al centro de la pista, lo más alejado posible de la barra.

- Los chicos y las chicas van armados, y a los chicos les he colocado los localizadores, solo queda Uriel, ese te lo dejo a ti Estela.

- El más complicado, ¿no?

- Sí, pero yo he puesto cerca de veinte.

- Si lo prefieres puedo hacerlo yo.

- No Marcos, esta parte es mía, saldrá bien.

Tomé el whisky de un trago y me fui a la barra con paso firme, decidida a salvar nuestras vidas. Me coloqué a su lado poniendo el vaso vacío sobre la barra.

-¿No me merezco ni un saludo por tu parte?

- Dicen que el saludo no se niega a nadie, ¿no?

- Será que no soy nadie para ti.

- Todo quedó claro entre nosotros - dijo sin ni siquiera mirarme - no tenemos nada más que hablar.

- Ésta será la última vez que lo intente, la próxima serás tú quien venga a buscarme.

- Déjame dudarlo - dijo riéndose de mí.

- Ya me has buscado más de una vez -dije mientras acariciaba su rostro.

- No hagas eso - dijo mientras se incorporaba - ya basta.

- Al menos he conseguido que me mires.

Se marchó por las escaleras y salí tras él, no podía perder la oportunidad de colocar el localizador. La suerte se puso de mi lado, comenzó a sonar la canción con la que terminamos juntos.

- ¿Escapas de la música o de mí?

- No escapo de nada ni de nadie.

- Mírame y dime que no quieres volver a saber de mí, y jamás tendrás que volver a verme.

- No quiero saber más de ti - dijo mientras se giraba - se acabó, solo fue un calentón nada más. Queda claro.

- Cristalino.

Sus palabras me hirieron pero aún así me acerque a él, acaricié la solapa de su chaqueta colocando el localizador y me despedí con un beso en la mejilla.

- Chicos, colocado.

- ¿Por qué has apagado el intercomunicador?

- Necesitaba tranquilidad. Subo.

Comenzaron las baladas y las luces se apagaron, y cada uno del grupo eligió a un veterano para tener las espaldas cubiertas. Uriel subió las escaleras y una lágrima cayó por mi rostro, intenté disimular pero fue en vano. Entró por detrás de la barra, se subió a ella y las luces se volvieron a encender. La pista de baile estaba rodeada de veteranos armados.

- Bienvenidos a vuestro examen - comenzó Uriel a explicar - ¿De verdad pensabais que esto era tan fácil? Aquí comienza vuestro examen y las normas son muy sencillas. Quien llegue antes a la organización vence, quien no llegue muere. El juego comienza aquí, y lo complicado es salir de este lugar con vida. ¿Ha quedado todo claro?

- Por supuesto - dije subiéndome a la barra - Pero permíteme que igualemos condiciones.

Subí mi vestido y arranqué de mi pierna la pistola que llevaba guardada, golpeé sus piernas haciendo que cayera arrodillado en la barra, me coloqué tras él y encañoné su cabeza.

- Ahora ya podemos comenzar el examen, quiero todas las armas en el suelo veteranos, y cuidado, no quiero tener que ser la primera en cargarme a alguien.

- No serás capaz - dijo Gonzalo desafiándome - baja el arma.

- No estás en condiciones de dar órdenes - Gema lo encañonó por detrás - Tú fuiste el que me dijo que no podía fallar.

- ¡Hacedle caso!

- Compañeros un arma por persona y echar a correr. Suerte, que gane el mejor.

Rápidamente recogieron las armas y salieron pitando del lugar, después ordené a mi grupo que desaparecieran, cuando la ventaja fuese notable me tocaba a mí.

- Señores me gustaría poder quedarme con ustedes pero tengo un poco de prisa, a las doce mi carruaje se vuelve calabaza. El principito se viene conmigo, por cierto si alguien sale de la pista de baile antes de diez minutos habrá fuegos artificiales, mi grupo se ha encargado de rodearlo de tronex, el explosivo más potente que hemos encontrado en vuestra reserva.

- Es un farol.

- Pruébalo Blanca, en tus manos está la vida de tus compañeros, sabrás que hacer.

Salimos de la pista de baile y sin mediar palabra llegamos al comienzo del denso bosque, allí me esperaba Marcos.

- No llegareis muy lejos.

- ¿Seguro?

- Estás loca.

- Te avisé que volverías a ir tras de mí.

Me cambié de ropa y calzado, me despedí con un hasta pronto. Salimos de allí en el todoterreno que Marcos había robado.

- ¿Chicos estamos conectados?

- Si Estela, vamos en el coche buscando el camino pero en el mapa no aparece ninguna carretera, estamos en mitad de la nada.

- Hay que separarse así encontraremos antes el camino, necesitamos dos coches más.

- Delante de nosotros va uno intentaremos robarlo.

- Cuidado tiene un localizador situado sobre el cárter, quitarlo.

- Espera el coche de delante se ha parado. ¡Dios mío! ¡Ha explotado!

- ¡Fuera! ¡Fuera de los coches! ¡Es una trampa!

Salimos rápidamente de los coches y a los pocos segundos ambos terminaron explotando, la mejor forma de continuar era ir cada uno por su lado aunque también era más peligroso. Decidimos subir hasta el pico de un risco desde el cual intentaríamos divisar una posible salida, el objetivo era encontrarnos arriba al amanecer, sería la única forma de salir de allí.

Comenzamos nuestra andadura cada uno por su lado pero hablando por los intercomunicadores, era una forma de que el miedo se suavizase. La travesía del bosque fue la primera, comenzó a anochecer y era difícil divisar las trampas situadas entre la hojarasca, encontré una rama gruesa con la que iba descubriendo el lugar donde pondría mis pies para no perder ninguno. En el avance se escuchó más de un disparo y eso solo podía significar que la cacería había comenzado.

- La cacería comenzó chicos, cuidado donde pisáis, el bosque está lleno de trampas, como piséis alguna va a ser difícil salir de ellas con el pie puesto.

- Chicos voy a encender la linterna, no aguanto más la oscuridad. Y los localizadores puestos no dan señal, los han desconectado.

- No lo hagas Gema, ya han salido en nuestra búsqueda, te encontrarán.

Gema tenía un grave problema con los lugares oscuros, su fobia le jugó la peor de las pasadas, en medio segundo la rodearon y apresaron.

- Sé que estáis escuchándome, tenéis una hora para venir en busca de vuestra compañera, si no terminaremos con ella.

La voz de Uriel fue tajante, el llegar a la sede no tenía mucho sentido si llegábamos sin compañeros, es uno de los principios de la organización.

- Está bien, en una hora estaré allí, soy la única que está conectada, los demás han caído.

- Tienes una hora para buscarla, 39º42′N2º30′es la localización, una hora.

Después de revisar los mapas localicé el lugar que Uriel me indicó, no estaba muy lejos de él y me apresuré por llegar. En menos de quince minutos a paso ligero conseguí llegar, era una cabaña medio derrumbada, vigilada por más de cuatro guardias, más varios que peinaban la zona. Esperé escondida para preparar mi entrada, preparé mi cinturón de seguridad y cuando estuve segura de poder salir de allí bajé el cerro para encontrarme con ellos.

- Tira el arma y sube los brazos donde podamos verlos.

- Tranquilos, tengo una cita con vuestro jefe.

- Dejadla entrar.

Cuando estaba en la puerta me empujaron para que entrara. Se habían cambiado de ropa al igual que nosotros, primer fallo que cometimos, por eso no funcionaron los localizadores.

- Bienvenida, estás en tu casa.

- No me digas, me la imaginaba con televisión por cable y una gran cama, o al menos con chimenea.

- Registradla.

Subí mis manos a la cabeza abriendo mis piernas mientras le dedicaba una de las mejores sonrisas.

- ¡Jefe tiene un cinturón de dinamita!

- Quítalo, es un farol.

- Jefe ...

- ¡Quítalo!

Sin ni siquiera respirar obedeció a su jefe, la dinamita salió sin que nada ocurriera, dejando así entrar el aire en su cuerpo. Después me empujaron hacia Uriel, el cual me sujetó por los brazos.

- Tanto farol son malas decisiones.

- La mala decisión la acabas de tomar tú - dije mientras activaba la dinamita como quien enciende el televisor - Tienes un minuto para deshacerte de eso.

Aproveché la sorpresa de la dinamita para robarle a Uriel las esposas, se las coloqué en una de sus manos y en la mía, robé su arma volviendo a encañonarlo. El chico que había cogido la dinamita se quedó bloqueado y los compañeros los sacaron de inmediato de la casa, cuando salieron fuera disparé por la ventana a la dinamita provocando la explosión de ésta y la muerte de varios de ellos, la única forma de salir de allí era pensar solamente en mí y en los míos. Tiene que haber vencidos para que haya vencedores, eran ellos o yo. Me lancé encima de Uriel intentando cubrirlo para que la explosión no le dañase, cayeron varias piedras encima de nosotros y la casa comenzó a desestabilizarse.

- ¿Dónde está Gema?

- Se la han llevado.

- Maldita sea, ¿dónde?

- No lo sé.

- Joder, salgamos de aquí.

Me levanté y tiré de él hasta salir de la casa, ésta se vino abajo antes de conseguir salir y quedamos cubiertos de escombros. Cuando conseguimos despertar, nos revolvimos hasta salir de aquel destrozo, el tobillo de Uriel estaba herido. Le ayudé a ponerse en pie y toqué el lado de mi cabeza donde había recibido un fuerte golpe, sangraba un poco pero conseguimos salir de allí.

En panorama del exterior era desolador, jamás pensé que podría llegar a hacer esto pero no me quedaba otra alternativa si quería seguir viviendo, y lo más importante si quería que Uriel viviera. Arrastré a Uriel hasta donde dejé mi mochila, cuando llegamos curé su tobillo y mi herida, busqué algo donde pudiera apoyarse para salir de allí.

- ¿Marcos? ¿me escuchas?

- ¿Estela? ¿eres tú?

- Pues claro, ¿quién si no?

- Pensé que no saldrías, y Gema ¿cómo está?

- No estaba, tenemos que encontrarla, Abel tienes que activar nuestros localizadores.

- Está bien jefa, pero sabes que también ellos tendrán acceso, les será más fácil dar con nosotros.

- Quitaos el localizador, hacer un corte y sacarlo fuera. Tenemos que encontrar a Gema antes de que sea tarde, seguimos con el plan inicial.

- De acuerdo, tenéis diez minutos para sacar de vuestro cuerpo ese trasto, después los localizadores estarán activos. Nos vemos.

Comencé a palpar todo mi cuerpo hasta encontrar una pequeña corpulencia sospechosa en la espalda, sin dudarlo cogí la navaja y corté, estaba más profundo de lo que en un principio parecía pero por fin conseguí sacarlo, una mano atada no facilitaba la cosa. Cuando estaba fuera lo deje caer ladera abajo.

- Estás sangrando - dijo Uriel con voz preocupada - tengo que coser esa herida.

- Dime donde está Gema, es la única ayuda que necesito de ti en este momento.

- Sabes que no puedo hacer eso.

- Pues deja de preocuparte, no estamos en el mismo equipo. Levántate, nos vamos.

Obedeció sin poner resistencia, estuvimos media noche caminando hacia donde indicaba el localizador de Gema, pero el tobillo de Uriel estaba cada vez más inflamado y finalmente se desplomó al suelo.

- Déjame ver cómo va el pie.

- Déjalo, estoy bien.

- Ya veo - dije destapando la venda que había colocado anteriormente - tienes que descansar.

- Estela aligera la marcha tienes a tres pisándote los talones.

- ¿Cómo es posible? El localizador lo dejé abajo.

- Lo llevas, aparece un localizador por la zona que debías seguir.

- Joder - dije cuando caí en el localizador de Uriel - de acuerdo Abel, ya lo tengo, avísame si se desvían.

Palpé a Uriel hasta dar con el suyo, corté también su piel y le saqué el localizador, conseguí unirlo a una roca y hacerla rodar ladera abajo.

- Estela han cambiado la dirección.

- De acuerdo, seguimos. Pararé unas horas.

- Ánimo, queda menos.

Sujeté a Uriel, ayudándole a caminar para avanzar y buscar algún lugar donde resguardarnos. Dos kilómetros más adelante encontramos una rocas donde poder abrigarnos. Ayudé a Uriel a sentarse después saqué el botiquín para que curase su herida.

- Cúrala antes que termines desangrado.

- Tú también sangras, déjame curarla. Prometo no intentar nada.

Lo miré con desconfianza pero esos ojos me vencían cuando me miraban así. Me llevó hacia él y me sentó sobre sus piernas.

- Quítate la camiseta y gírate. Suéltame la mano para poder hacerlo mejor.

- La mano está estupendamente ahí, déjalo, estoy bien.

- No lo voy a dejar - dijo mientras me volvió a sentar sobre sus piernas.

- No se te ocurra intentar nada - dije mientras sacaba el arma - me juego demasiado.

Subió mi camiseta lo suficiente para poder curar la herida, el alcohol me sacó un leve quejido pero el dolor se fue cuando su aliento se paseó por mi espalda, cosió la herida hasta que la hemorragia se cortó.

- Acércate, tengo que cortar el hilo con los dientes.

Me eché hacia atrás y sus labios curaron mi herida con solo un roce.

- Ya está.

- Gracias.

- Te toca a ti - dijo tirando de mí cuando me levanté - yo solo no puedo curar mi herida.

- No sé cómo hacerlo.

- Yo te indico, siéntate sobre mí.

Su herida estaba en el pecho, respiré hondo y me senté sobre sus piernas, quité su camiseta y seguí sus explicaciones hasta conseguir cerrar su herida, después me acerqué hasta su pecho para cortar el hilo. Su corazón latía igual de rápido que el mío, intenté apresurarme pero sus manos ya sujetaban mi cuerpo contra el suyo, corté el hilo y traté, sin éxito, de esquivar sus labios. Cuando comenzó a quitarme la ropa noté sus dedos dentro de mi bolsillo y volví del cielo donde me encontraba para no darme por vencida.

- Saca la mano de ahí - dije mientras volvía a apuntarlo con el arma - no quiero que te arrepientas de más calentones. Buen intento, casi consigues convencerme.

- Así estamos los dos perdidos, no tenemos opción.

- Saldremos de aquí, te lo prometo, y yo sí cumplo mis promesas.

- ¿Qué vas a hacer con la llave? - dijo cuando me vio introducirla en mi boca - No, no lo hagas.

- El sabor es poco agradable pero no me has dejado opción.

- Te van a matar, conmigo herido no llegarás lejos.

- Pero al menos permaneceremos juntos. Ahora come, tienes que coger fuerzas.

- ¿Y tú?

- Yo ya he tenido bastante.

Sin rechistar comió ofreciéndome varias veces, pero los nervios no me dejaban entrar nada en mi estómago, estaba completamente cerrado. Cuando no me veía saqué la llave de mi boca para devolverla a mi bolsillo. Después de cenar, le di un analgésico para el dolor e hizo que cayera dormido, lo tapé con una manta para que no se enfriase. Después de varias horas un leve movimiento consiguió despertarlo.

- Me he dormido.

- Sí.

- ¿Qué hora es?

- Hora de continuar, está a punto de amanecer.

Recogí todo y miré su tobillo mejorado antes de continuar la marcha, cuando todo estaba preparado continuamos el camino. Estuvimos todo el día caminando y ni rastro de ningún camino, la noche se nos echó encima sin ninguna pista sobre la salida. Mi cuerpo se tambaleó un solo segundo pero lo suficiente para que a Uriel no se le escapase. "Estás agotada" dijo intentando disminuir el ritmo, continué la marcha ignorando sus palabras. Se paró en seco y dio un fuerte tirón a la esposa que nos unía consiguiendo desestabilizarme, aunque consiguió sostenerme antes de que me empotrase contra el suelo.

- ¿Qué haces?

- He dicho que vamos a descansar.

- Tenemos que continuar.

- Así no vas a llegar a ningún sitio, estás agotada. ¿Desde cuándo no duermes? ¿desde cuándo no comes?

- Eso no importa ahora.

- No me obligues a golpearte para que pares. Juro por Dios que lo haré.

A la fuerza me quitó la mochila de la espalda y la tiró al suelo, me llevó casi arrastras hasta ella, nos sentamos en el suelo y comenzó a registrar la mochila hasta sacar varias latas de comida, las abrió y las puso a mi lado.

- Comienza a comer.

- No estás en postura de dar órdenes.

- ¿Sabes hacerlo sola o tengo que ayudarte?

- Sé hacerlo sola.

Comí algo para que me dejase tranquila, no me entró mucho pero se conformó con verme comer algo. Sacó la manta y la echó sobre mí.

- Duerme algo.

- El suelo está muy duro para dormir, ¿no crees?

- Si pero seguro que si te dejas caer coges rápidamente el sueño.

- ¿Cómo entraste en la organización?

- Errores del pasado, que son mejor dejarlos en el olvido. ¿Y tú en el club?

- Tenía deudas pendientes, también es mejor olvidarlas.

Me tumbé en el suelo intentando tomar una postura cómoda y cortar así la conversación. Di mil y una vueltas hasta que Uriel se tumbó a mi lado ofreciéndome su brazo de almohada.

- ¿Mejor así?

- Estaría mejor en una cama.

- A estas horas podías estar en tu cama y te negaste.

- Me negué a separarme de ti.

- No soy buena compañía.

- Yo tampoco lo soy y sin embargo mira aquí estamos los dos.

- Duerme, tienes que descansar.

Cerré los ojos poco confiada pero el agotamiento pudo conmigo, sentí sus dedos acariciando mi pelo y terminé durmiéndome. No sé cuanto dormí pero noté sus manos llevándose el arma de mi mano y desperté, me mantuve quieta hasta lograr sacar el otro que guardaba en mis botas.

- Devuélveme el arma - dije apuntándole con el otro - no me obligues a disparar.

- ¿Habéis robado toda la armería? Te ibas a disparar sola por eso te la he quitado.

- Seguro. Podías haberme despertado, ya ha amanecido.

- Estás muy guapa dormida, y sobre todo callada - dijo sonriendo - buenos días.

- Lo serán cuando estemos fuera de aquí.

Me incorporé y seguimos con el camino, estaba volviendo a desesperarme, no conseguía ver nada. Todo era maleza, no se divisaba nada.

- Estela soy Marcos, estoy con Abel en una pequeña carretera. ¿Cómo vas?

- Joder, no sé, sigo en el bosque, no veo salida.

- La carretera está en medio del bosque, utiliza el localizador, el punto exacto donde nos encontramos es 24º35′W.

- No estoy lejos de esa posición, tardaré poco en llegar.

- Vamos, no tardes.

Apresuré la marcha en busca de Marcos y Abel, en menos de diez minutos nos encontramos, estaban resguardados en uno de las alcantarillas de la carretera.

- ¿Qué hace él aquí? - Marcos odiaba a Uriel y no hacía nada por disimular.

- Lo necesitamos, no valemos nada si no tenemos algo suyo, podremos intercambiarlo por Gema.

- Marcos déjalo estar, lleva razón.

- Marcos lo importante es encontrar a Gema, solo importa ella.

- Está bien, vamos, el tiempo apremia.

Siguiendo la carretera y las indicaciones del localizador no tardamos en llegar a una pequeña localidad. Sin levantar sospechas, conseguimos dos humildes habitaciones en un hospedaje de la zona. Según el localizador, Gema no estaba lejos. Conseguí que Uriel se tumbara en la cama con la escusa de dormir.

- Bueno aquí termina nuestro viaje juntos - dije sacando la pequeña llave de mi bolsillo- encantada pero tengo que marcharme. Lo siento mucho pero no puedo permitir que escapes por el momento - dije mientras cerraba la esposa en los barrotes del cabecero de la cama.

- No puedes dejarme aquí.

- Si no consigues salir solito, volveré a por ti.

Marcos abrió la puerta de la habitación para preguntar si estaba lista, cogí la mochila donde había guardado las armas y marché con él. Llegamos a las puertas de un establo abandonado a las afueras del pueblo, lo rodeamos varias veces para ver si podíamos divisar algo, pero fue en vano. Al final decidí entrar sola, era lo mejor para despistarlos y para qué Marcos consiguiera sacarla de allí. Abel, mientras tanto, intentaba localizar la organización entrando en sus ordenadores a través del material que había quitado a los cadáveres de la organización.

Antes de entrar lancé una piedra a la puerta, en ese momento comenzó el tiroteo, estaban preparados para acabar conmigo. Cuando salieron a ver mi cadáver conseguí disparar contra dos y salir pitando hacia atrás. Con la ayuda de las ventanas subí al tejado que se encontraba casi derrumbado, me oculté como pude y conté al menos cuatro personas y Gema se encontraba atada de pies y manos en una silla.

- Marcos, cuando te avise entra, los de la derecha para ti, son dos.

Di la señal y desde el tejado disparé a los dos de la izquierda y a un tercero que apareció de la nada, Marcos tampoco tuvo problemas con los dos suyos y pronto pudo desatar a Gema. Recorrí el tejado buscando los otros que me faltaban y que estaban custodiando el coche que nos sacaría de allí.

- Lo tengo chicos, está localizada, estamos a una hora de la organización. No tardéis y llegaremos para la hora de la comida.

- Eres una máquina Abel, vamos para allá.

- Lo sé Marcos, lo sé.

- Marcos a tu derecha hay un coche, marcharos al hostal, voy detrás.

Disparé varios tiros al aire, esperando hasta que los dos que quedaban salieron de su escondite, y conseguí alcanzarlos.

- Abel sal del hostal, espéranos en la entrada del pueblo, no tenemos tiempo que perder, temo que alguno se haya escapado y vaya a buscarte.

- Marcos, te paso las coordenadas de donde se encuentra la organización por si ocurriese algo. Chicos ánimo.

Salimos cuidadosamente de allí y nos dirigimos a la entrada del pueblo donde Abel nos esperaba.

- Continuad sin mí, os alcanzo en la organización, se me ha olvidado algo en la habitación.

- Vas a por él - dijo Marcos enfadado.

- No, voy por su tarjeta, ¿cómo piensas entrar?

- Está bien, te acompaño.

- No, Gema está débil y Abel es poco amigo de las armas, tienes que llevarlos. Buscaré otro coche y os seguiré. No perdáis más tiempo.

Con cara de pocos amigos Marcos emprendió el camino y se marcharon. Sin perder más tiempo volví al hostal a cumplir con mi promesa. Cuando llegué había dos coches aparcados en frente de la entrada del hostal, sin duda eran ellos. Logré ver que el primero tenía las llaves puestas aunque un guardia los vigilaba, aproveché cuando este fue a recibir a Uriel para montarme por la puerta del copiloto, puse en marcha el coche y salí pitando sin despedirme de sus antiguos ocupantes. Por el espejo retrovisor pude ver la sonrisa de Uriel al reconocerme.

- Chicos, ya voy detrás. Esperarme a la entrada, tengo su coche. Acelerar porque vienen detrás.

- Vamos Estela, ya estamos.

El comienzo

Olvidar el pasado,
comenzar de cero.
Olvidar las pesadillas
comenzar un sueño.

Esperanza de una vida mejor,
ilusión por este nuevo amor.

Terremoto brutal,
cuando el pasado se quiere recuperar.

Capítulo 11

El comienzo

Cuando llegamos me situé enfrente de la puerta de entrada al parking y el coche de mi grupo detrás, busqué la tarjeta para abrir la puerta pero antes de pasarla la puerta se abrió. Desconfiada entré despacio pero todos los altos mandos se encontraban esperando allí. Bajamos de los coches y, todavía con nuestras armas en las manos, nos colocamos en frente de ellos.

- Bienvenidos chicos - comenzó Gonzalo - enhorabuena, habéis pasado con éxito el examen.

- Más que con éxito - siguió Sofía - hacia bastante que un grupo no estaba tan coordinado. Habéis superado todas las pruebas, Abel estamos sorprendidos con tu trabajo, pocos consiguen entrar donde lo has hecho tú.

- ¿Y ahora? - dijo Gema impaciente - ¿qué va a pasar con nosotros?

- Estáis dentro, pasareis a formar parte de los equipos que ya están formados - explicó Gonzalo -. Gema, tú vas en el de Blanca, burlaste varias veces su seguridad. Abel, vas con Raúl os llevareis bien, explícale como conseguiste entrar en nuestro sistema. Marcos, estás en el grupo de Gabriel, ahora están fuera pero te unirás a ellos en un mes, cuando vuelvan.

- ¿Y ella? - preguntó Marcos - Gracias a ella estamos todos aquí.

- Lo sé, el examen en su gran mayoría está grabado.

- Ella viene conmigo - dijo Uriel mientras entraba en el parking - me ha dejado sin media plantilla.

- ¿Estás de acuerdo, Estela? - me preguntó Gonzalo - todos los grupos están dispuestos a permitir tu entrada.

- Es lo justo, ¿no?

- A mí me parece bien - respondió Sofía - hacen buen equipo.

- Bueno pues entonces no hay nada más que hablar, tenéis la tarde para descansar, mañana a las siete comienza vuestra jornada.

- Vamos Uriel, curaré ese tobillo.

Sin más se dieron media vuelta y subieron por las escaleras, cuando se fueron todos comenzaron a saltar y chillar.

- Joder que alivio, se acabó. Por fin vamos a poder descansar - concluyó Abel.

- Bueno vosotros al menos sabéis con quién vais pero yo no conozco al tal Gabriel.

- Seguro que es genial, Marcos estás siempre quejándose. ¿Y a ti que te pasa? ¿No dices nada? Vas con Uriel.

- Cuando hay vencidos las victorias no saben bien.

- Eran ellos o nosotros, no quedaba otra. A ellos no les hubiera importado matarte, no puedes sentirte culpable solo luchabas por tu vida.

- Lo sé pero no puedo evitarlo.

- Vamos arriba, todos necesitamos olvidar estos días y descansar.

- Tienes razón Marcos, lo que necesito es descansar.

Subimos las escaleras y nos fuimos directamente a las duchas, tenía el cuerpo lleno de arañazos y heridas, cuando terminé visité la enfermería y dado las horas entré sin llamar. Me sorprendí cuando vi a Sofía curando el tobillo de Uriel al cual solo cubría unos bóxer negros.

- Perdón, pensaba que no estabas ocupada.

- Pasa, ya he terminado. ¿Qué te ocurre?

- Nada, solo venía a por un poco de desinfectante y unas gasas.

- Pasa y quítate la ropa, yo te curaré.

- No es necesario, no es nada.

- Soy la médica de tu sección tengo que hacerlo.

Sin más me quité la ropa y esperé que Sofía me atendiera.

- Ven aquí Estela - me indico que me colocase al lado de Uriel - Dios mío niña, estás echa una pena.

- Gracias.

- Bueno la mayoría son superficiales - dijo examinándome - en unos días estarás repuesta. Necesitaré alguna venda, voy al almacén, he gastado todas con Uriel.

- De acuerdo.

Di media vuelta para alcanzar mi chaqueta. Cuando iba hacia ella su mano sujetó la mía. Permanecí inmóvil a su lado sin cruzar ninguna mirada, mientras su mano acariciaba la mía.

- ¿Cómo estás? - dijo cariñosamente.

- Bien, por fin pasamos el examen.

- ¿Duele?

- Ya has escuchado a Sofía, son superficiales.

- No me refería a esas heridas.

- Tenía que ser así, eran ellos o yo - dije mientras una lágrima resbaló por mi mejilla.

- Toma algo y duerme un rato, tenéis la tarde libre, mañana comienza tu nueva vida.

- ¿Llegas a acostumbrarte a esto?

- Nunca.

- Bueno chicos ya estoy aquí, ya traigo todo, tus muletas y las vendas.

- Entonces puedo marcharme.

Se levantó de la camilla, y mientras Sofía curaba mis heridas le avisaba de que descansara, le dieron varios días para recuperarse. Terminó de vestirse y cogió las muletas y se despidió.

- ¿Necesitas algo para dormir? - negué con la cabeza - Está bien, estaré aquí hasta las diez, después dejaré en el cajón de la entrada unas pastillas por si las necesitas.

- De acuerdo.

Salí de la enfermería camino de la habitación, necesitaba dormir, me crucé con los chicos que bajaban a comer algo, me invitaron a ir con ellos pero no podía más necesitaba dormir. Caí en la cama y mis ojos se cerraron casi al instante.

Desperté apoyada en mi mochila, miré alrededor y todo estaba quemado, solo había brasas que aún ardían. Me incorporé y estaba en la casa, rodeada de los cuerpos ensangrentados, cadáveres amontonados, asustada intenté salir de allí pasando por encima de ellos para llegar a la puerta. Cuando pasaba por encima de uno de ellos, mi pie se quedó atrapado. Uno de los que yo creía muertos me había sujetado el pie, intentaba enseñarme una foto de su cartera, en ella unos pequeños lo abrazaban.

Desperté con la cara empapada en lágrimas, todas las imágenes de aquellos días horrorosos comenzaron a aparecer en la oscuridad de la habitación. Noté una inmensa presión en mi pecho y comenzó a faltarme el aire, como pude probé a llegar a la enfermería, busqué en el cajón que dijo Sofía pero no encontraba nada. Mi cuerpo comenzó a convulsionar y caí al suelo.

Escuché a Sofía entrando en la enfermería e intentando despertarme, inyectó algún tipo de tranquilizante en mi brazo y me puso una mascarilla. En unos minutos mis ojos volvieron a abrirse y allí estaba ella, sentada en el suelo a mi lado, esperando a que reaccionara.

- Vamos niña, despierta.

- ¿Qué ha pasado?

- Has sufrido un ataque de ansiedad, es normal, a la mayoría os pasa después de estas situaciones. ¿Puedes levantarte?

- Sí, me encuentro mejor.

- Vamos arriba - dijo sujetándome hasta levantarme - túmbate aquí.

- Ya estoy bien.

- Esta noche la vas a pasar aquí, me quedaré aquí contigo por si vuelve a pasar.

- No es necesario, estoy mejor.

- Uriel no me lo perdonaría si te pasara algo. Has hecho un gran trabajo, pensé que no lo lograrías pero me he equivocado contigo. Sé que has superado esto por no perderlo, no entiendo lo vuestro pero solo quiero que él sea feliz.

- No hay nada entre nosotros.

- No pretendas engañarme, lo sé todo, no te preocupes esto no saldrá de aquí. Uriel me lo contó, sé que siente algo muy fuerte por ti, sé que intentó sacarte de aquí aún poniendo su vida en peligro. Intentó evitarte todo esto, sabía que no estabas preparada.

- ¿Se puede estar preparada para matar? - dije entre lágrimas - No sé cuantos han caído pero fue horrible salir y ver sus cuerpos. Soñé que me enseñaban fotos de sus hijos, no puedo evitar pensar en ellos.

- Si te sirve de consuelo, todos estaban solos. A más de uno le habrás hecho un favor, ninguno amaba su vida.

- Pero no soy nadie para decidir eso.

- Ya, pero solamente luchabas por tu vida, es cuestión de supervivencia. En todas las batallas hay vencedores y vencidos, todos luchan por no terminar muertos. Ellos te hubieran matado sin dudarlo.

- Aún así no es consuelo.

- Lo sé, pero es lo único que puedes hacer. A partir de ahora ésta será tu vida, una batalla continua en la que vas a intentar sobrevivir sea como sea.

- No sé si voy a poder - dije derrumbándome.

- Vamos - dijo abrazándome - llora lo que necesites pero no abandones, él te necesita.

Después de soltar todas las lágrimas de mi cuerpo, Sofía subió una bandeja de comida para la cena. Mientras cenábamos intentó consolarme y tranquilizarme, me contó unas leves pinceladas de su vida en la organización y después colocó un gotero que hizo que durmiera toda la noche de un tirón. Cuando desperté Sofía seguía a mi lado.

- Menuda noche te he dado.

- No te preocupes, este es mi trabajo. ¿Cómo te encuentras?

- Bien, hacía tiempo que no dormía así.

- Me alegro. Ahora ve con tus compañeros, pásate esta tarde, te daré unas pastillas para dormir, te vendrán bien.

- Gracias por todo.

Salí de enfermería y me dirigí a las habitaciones, aún estaban durmiendo y decidí esperarlos en el comedor. Bajé y allí se encontraba Blanca.

- Enhorabuena, has dejado encantado a todo el mundo - dijo en un tono desafiante - Lo has dado todo, no sé si tendrás más que aportar.

- Supongo que eso es problema de la persona que dirige mi equipo.

- El problema es de todos, no olvides que a veces compartimos misión. No me fío de ti, y sé que terminarás cayendo.

- Gracias por tu opinión, ¿puedo ahora desayunar tranquilamente?

- Voy a estar pendiente de ti, a la mínima haré que estés fuera.

- Lo tendré en cuenta.

Cuando se fue me senté en una de las mesas, no entendía porque creaba esa desconfianza. Era difícil comenzar en un lugar nuevo cuando nadie confiaba en mí.

- Eh pequeña, ¿qué quería esa?

- Nada, lo de todos.

- ¿Qué es lo de todos?

- No se fía de mí.

- Pasa de ella, ahora lo importante es que nos marchamos.

- ¿Dónde? - dije asustada - ¿dónde nos llevan?

- Vamos a nuestros pisos.

- ¿Qué?

- Hemos entrado, dejamos las literas, nos pasan a unos pisos. Se fían de nosotros para dejarnos solos - dijo sonriendo.

- Bien, necesito cambiar de ambiente.

- Pues vamos, Raúl nos está esperando en el parking.

Sin más dilación salimos del comedor hacia el parking, aunque Marcos se paró para coger algo de comida. Raúl nos esperaba en el coche para llevarnos a nuestro nuevo hogar. Salimos y esta vez no se preocuparon en tapar nuestros ojos, salimos del parking y en menos de quince minutos estábamos aparcados en la planta subterránea de un bloque de pisos. Subimos en el ascensor hasta la última planta, la octava, en esta planta había tres pisos, nosotros estábamos en el del centro.

- Este es vuestro piso chicas, las dos compartiréis alojamiento. Para cualquier cosa al lado tenéis a dos veteranos, el piso de la derecha está la Señora Carmen, es una ancianita muy amable pero también muy cotilla. Para ella sois estudiantes, la historia la dejo de vuestra mano. Marcos y Abel estáis en el piso de abajo, acompañarme.

- Luego venimos chicas.

- ¡Guau! Esto es genial Estela, ven mira.

El piso era muy moderno, nada más entrar tenía una sala con un sofá y una televisión de plasma enorme, a la izquierda las dos habitaciones y el baño, a la derecha la cocina.

- Mira Estela, los armarios están llenos de ropa, es preciosa. Y mira la cama, es enorme.

Sonó el timbre y abrí la puerta, sin mirar suponiendo que eran Marcos y Abel.

- Pasad, Gema está como loca sacando ropa de los armarios. ¿Qué tal vuestro piso?

- Bien, sigue como siempre.

- Uriel, perdona pensaba que era Marcos, ¿qué haces aquí?

- Vivo aquí al lado, venía a daros la bienvenida. Ya veo que os ha gustado el piso.

- Si, está todo genial.

- Me alegro.

Se hizo un leve silencio mientras ambos mirábamos como Gema salía y entraba de la habitación cada vez con diferente vestuario.

- ¿Cómo estás? Hablé esta mañana con Sofía, me ha contado.

- Está visto que entre vosotros no hay secretos.

- Solo quería saber cómo estabas.

- Estoy bien, solo necesito descansar.

- No te preocupes, terminará pasando. Todos hemos pasado por ahí, no tires la toalla.

- A nadie le extrañaría que lo hiciera, ¿no?

- A mí sí.

- Consigues confundirme.

- Fui claro contigo el día que salimos de la organización pero dentro no puedo involucrarme con nadie, es demasiado peligroso para ambos.

- Dentro no puedes y fuera jamás me hubieras vuelto a ver.

- Lo sé. Tengo que marcharme, ya nos veremos.

Se marchó con las muletas mientras Gema seguía sacando vestuario. Me senté en el sofá a intentar asimilar las palabras de mi ángel, no sabía que pensar, cada vez que hablaba con él terminaba más confundida.

Pasé el día tranquilamente leyendo uno de los libros de la pequeña biblioteca que había en el salón, sobre las diez de la noche Gema salió ataviada para irse de marcha con Marcos y Abel, yo no estaba de humor, solo me apetecía cenar y acostarme. Cuando se fueron subí a la terraza a tomar un poco el aire para despejarme, crucé la terraza hasta llegar al borde desde donde se divisaba miles de luces que hacían preciosa la ciudad.

- Cuidado, las barandillas no son muy seguras.

- Me has asustado, pensaba que estaba sola.

- Llevo aquí un rato, salí a tomar el aire.

- ¿Queda algo para mí? - dije dirigiéndome hacia él - Lo necesito.

- Algo queda. ¿Qué te ocurre?

- Nada, llevo todo el día en casa y necesitaba salir y pensar.

- ¿En qué?

- Necesito saber qué hacer para la cena.

Soltó una leve carcajada, mientras me sentaba a su lado.

- Grave problema el tuyo.

- Lo sé, pero bueno, supongo que algo se me ocurrirá.

- Bueno si quieres llamo a un amigo que tiene un restaurante aquí al lado, así yo también me quito el gran problema de cocinar.

- Suena bien.

Cogió su móvil y llamó al restaurante, pidió comida para todo el bloque. Pero en realidad era lo que menos me importaba, estaría toda la vida a su lado.

- Bueno voy a coger un mantel y unas servilletas, tendré que aportar algo.

- ¿Aquí vamos a comer?

- ¿No necesitabas tomar el aire?

- Sí, sí.

Bajé al piso y busqué por los cajones de la cocina, un mantel y unas servilletas, sin darme cuenta la sonrisa se había instalado de nuevo en mi rostro. Coloqué el mantel en el suelo como si de una merienda en el parque se tratara. Lo miré varias veces y su rostro también mostraba una bella sonrisa.

- Bueno, listo.

- Te las apañas bien.

- Que no sepa que cocinar no significa que no tenga recursos.

- Ya veo. Bueno pues nada tendremos que esperar que llegue la comida.

- ¿Cómo va el tobillo? - dije mientras me sentaba de nuevo a su lado - ¿duele?

- No, va todo bien, tuve buena enfermera en el bosque.

- Bueno, mi cicatriz tampoco ha quedado excesivamente mal.

- ¿Perdona? Esa cicatriz ha quedado preciosa.

- Bueno ya veremos como queda.

Nos miramos y sonreímos, una tímida sonrisa para después desviar la mirada por miedo a llegar a algo más. El repartidor de comida llegó justo para que la tensión que producía nuestro silencio se rompiera. Colocó toda la comida encima del mantel y después vino a por mí.

- Vamos señorita.

- ¿Esperamos a alguien?

- Por mi parte no, no sé si quieres invitar alguno de tus amigos.

- Lo digo por la cantidad de comida que has mandado a pedir.

- Quería que probases un poco de todo.

- Tengo pensado quedarme por aquí algún tiempo si sobra podemos terminarla otro día.

- Me parece bien.

Comenzamos a comer, lo cierto es que la comida estaba exquisita y en tan buena compañía la más simple de las comidas me hubiera parecido un manjar. Recogimos todo lo que sobró y lo llevamos a la cocina del piso de Uriel.

- Bueno pues creo que no hemos olvidado nada en la terraza.

- Ya está todo recogido.

- Bueno pues nada, muchas gracias por salvarme de mi gran problema.

- ¿Quieres un poco más de vino?

- No, ya he bebido demasiado. Creo que me voy a marchar, es tarde.

- Está bien, te acompaño.

Cuando llegamos a la puerta, me giré para despedirme, me puse de puntillas y besé su mejilla. Me giré y traté de abrir la puerta pero su mano volvió a cerrarla mientras que con la otra sujetaba mi cintura apretándome contra su cuerpo.

- Quédate - su voz sonó como un susurro.

Al quedarme en silencio, volvió a abrir la puerta y soltó mi cintura. Sujeté su mano antes que me liberará y volví a empujar la puerta. Descansó su cabeza en mi hombro, respirando profundamente, me giré y sujeté su rostro haciendo que nuestras miradas se quedasen enganchadas la una a la otra.

- No debería hacer esto, no sé qué me pasa contigo, me vuelves loco.

- ¿Qué temes?

- Temo perder el control.

Me acerqué suavemente y besé sus labios, bajé por su cuello y subí para volver a parar en sus labios. Sujeté su mano y lo guié hasta una de las habitaciones, lo senté en la cama y me coloqué encima para seguir besándolo. Le quité su camiseta y continué besando sus heridas, acaricié su espalda y enredé mi mano en sus cabellos. Paré un instante para ver su rostro, me miró y sus ojos parecían espejos donde me veía reflejada. Me quitó la camiseta y se colocó sobre mí, sus labios comenzaron a besar todo mi cuerpo, desabrochó mi ropa interior y lamió mis pechos para deslizarse hasta mi ombligo, sacó de una vez el resto de la ropa y mirándome se deshizo de la suya, se tumbó sobre mí dejando que su cuerpo arropase el mío sin dejar ni un milímetro libre. Cuando entró en mí, un suspiro se escapó de mis labios, cruzamos nuestras miradas y volvimos a besarnos, acarició suavemente mi pierna para después sujetarse firmemente a ella. Nuestras respiraciones agitadas se acompasaron para tocar el cielo.

- Estás preciosa, tus mejillas están sonrojadas.

- No son las únicas.

- Ah, ¿no?

- No - dije acariciando las suyas.

- Te quiero.

Esas palabras me pillaron de sopetón y no supe reaccionar. Se quedó fijo mirándome esperando una respuesta.

- Lo siento.

- No, no lo sientas. Hace años que no me siento así.

- Fue duro - dijo acariciando mis marcas de la cintura.

- Mucho, aún no se cómo pude soportarlo.

- A veces en las situaciones límites sacamos fuerzas sobrehumanas para poder continuar.

- ¿Y tú? ¿Cómo acabaste aquí?

- Una relación que acabó mal.

- No eres muy dado a hablar de tu vida.

- No es algo para recordar. Bueno ahora cuéntame cómo vamos a hacer, nos hemos metido en un buen problema - dijo sin dejar de abrazarme - el intentar separarte de mí ya no es una opción.

- Lo cierto es que nunca lo fue, pero eres algo cabezota.

- En serio, no puedo trabajar concentrado si estás en peligro.

- No te preocupes por mí, ya te he demostrado que puedo con esto. Además si estás a mi lado nada malo puede pasarme.

- Ahora estás a prueba, cualquier error lo achacaran a esta relación.

- Pues no habrá tal relación dentro de la organización, podré aguantar sin besarte si prometes esperarme cada noche.

- Lo prometo.

Volvió a besarme apretándome contra su cuerpo, hasta que me quedé dormida. Me desperté sobresaltada al escuchar el sonido del móvil, nos necesitaban en la organización y tuvimos que salir para allá. Cuando llegamos ya estaban todos esperándonos.

- ¿Cómo estás Uriel? ¿preparado para entrar en acción? - dijo Gonzalo - No te hubiera llamado si no fuera necesario.

- No te preocupes me encuentro bien.

- Necesito que tu equipo salga en ayuda del equipo de Blanca, la operación se les ha complicado. La operación pasa a ser de tu equipo, ya sabes qué tienes que hacer.

- De acuerdo, voy a prepararlo todo.

- Prepara también a Estela.

- ¿Ella?

- Estás bajo de efectivos, cualquier ayuda te vendrá bien.

- No sé si va a estar preparada.

- Lo estoy, estoy preparada.

- Eso quería escuchar - concluyo Gonzalo - no hay tiempo que perder.

Partimos a preparar nuestros equipos y en breve nos pusimos en marcha, dentro de la furgoneta preparamos la estrategia, como no, a mi me tocaba quedarme en la retaguardia a la espera, controlando la entrada, antes de bajar Uriel comprobó varias veces que todo mi equipo funcionara perfectamente.

- ¡Vamos chicos es la hora!

Saltaron de la furgoneta el primer grupo que se encargaría de la planta baja de aquella nave, cuando se empezaron a escuchar los primeros disparos bajamos los restantes, me quedé en la puerta y Uriel antes de entrar me dedicó un guiño de ojos y una de sus mejores sonrisas.

- Chicos cubridme, subo arriba.

- Uriel, soy Blanca estoy herida, estoy arriba.

- ¿Cuántos son?

- No lo sé salen disparos de todos los frentes.

- Estela, como está la entrada.

- Libre.

- Saldremos por la ventana. Ya la tengo.

Se escuchó una leve interferencia y dejé de escuchar los intercomunicadores, sin dudarlo, me introduje en la nave, al ver que no acababan de salir, avisé a uno de los compañeros para que vigilase la entrada. Sigilosamente subí las escaleras y al llegar al medio vi a Uriel y Blanca al borde de la ventana, con sus brazos elevados. Volvía a bajar y di la vuelta para subir por las escaleras de atrás, tuve que eliminar a varios enemigos por el camino. Cuando conseguí llegar apunté sin dudar a la cabeza de aquel hombre.

- Un solo movimiento y estás muerto. Pon el arma en el suelo.

Una vez que obedeció mis órdenes, lo sujeté contra mí para que no pudiera moverse sin dejar de apuntar a su cabeza.

- Salid de aquí, ¡vamos! Yo termino.

Blanca sujetó a Uriel y salieron por la ventana. En un descuido, golpeó mi pierna haciéndome caer aunque el arma seguía en mi mano y acabe con él. El intercomunicador volvió a funcionar.

- ¡Estela! Sal, en un minuto todo saldrá por los aires, solo faltas tú ¡Vamos!

- Tenemos que marchar Uriel - dijo Blanca.

En ese momento note algo frío en mi nuca, haciendo que mi cuerpo se inmovilizase.

- Pon el arma suavemente en el suelo.

Cuando me agaché para colocar el arma en el suelo, Uriel apareció por la ventana y se lo cargó con un solo disparo.

- ¡Vamos!

Salí corriendo y salté en sus brazos. Me sujeté a su arnés hasta que llegamos al suelo y llegamos finalmente a la furgoneta justo cuando la nave estalló. Llegamos a la organización y nos desalojamos de todo el equipo. Uriel se fue en cuanto llegamos, tenían consejo. Yo me duché con intención de volver a casa, cuando salí de la ducha escuché voces en la enfermería y no pude evitar quedarme parada escuchando.

- Esa chica es un peligro - decía Blanca - ha puesto en peligro a todo el equipo. Tenía que permanecer en la puerta.

- ¿Cómo puedes decir eso? Nos ha salvado a los dos. No podríamos haber salido de allí.

- Tardó demasiado en salir, un solo segundo más y hubieseis salido por los aires los dos. No debiste ir por ella, fue un riesgo innecesario.

- ¿Ya te marchas? - dijo Gonzalo.

- Sí, ya he terminado.

- No te preocupes - dijo mirando a la enfermería - tarda en asimilar los cambios. Hay cosas que mejorar pero es tu primera misión, el volver ya es una victoria.

- Gracias.

Bajé las escaleras y volví a casa, el día había sido lo suficientemente duro como para alargarlo más.

- ¿Dónde andabas? Pensamos que no te volveríamos a ver - dijo Gema cuando me vio.

- Pues ya he llegado.

- ¿Donde andabas pequeña? Nos tenías preocupados.

- He tenido que salir a una misión, el equipo de Blanca tuvo problemas.

- ¿Ya has salido? - dijo Abel sorprendido - cuéntanoslo todo.

- Ahora no Abel, necesito desconectar.

- Pues para eso estamos nosotros aquí pequeña, nos vamos al bar de abajo.

- No, no estoy de humor.

- Venga, ayer nos dejaste plantados - suplicó Gema - aún no hemos celebrado el comienzo de nuestras vidas, vamos por fi.

- Está bien - no tenía ganas de escuchar más sus quejas - me cambio de ropa y bajo.

- Si no bajas vendremos a buscarte, ¿de acuerdo pequeña?

- Bajaré.

Fui a la habitación y llamé varias veces a Uriel, pero su teléfono estaba desconectado. Me senté un rato a ver uno de estos programas de debates y después de media hora volví a insistir pero fue en vano. Me levanté desganada y me cambié de ropa para bajar al bar, me maquillé un poco para disimular algunos morados de mi rostro y bajé.

- ¡Eh! Ya subía a buscarte pequeña, has tardado.

- Estoy agotada pero tengo unos amigos muy pesados.

- Venga anímate, te vendrá bien. Vamos.

Me abrazó y entramos en el bar, pidió dos cervezas y nos fuimos a la pista donde estaba Gema y Abel, al final consiguieron que me olvidara de todo y los cuatro nos pusimos a bailar como locos en el centro de la pista. Después de casi media hora brincando los abandoné un momento para ir al baño. Cuando pasaba por el comedor Uriel se encontraba sentado en una de las mesas de dentro, su rostro estaba serio, me asomé para comprobar si se encontraba solo, y pasé.

- Buenas noches caballero. ¿Está solo?

- Sí - dijo mientras seguía jugando con su botellín de cerveza.

- Te he llamado.

- Lo sé pero estaba liado.

- ¿No me has visto al entrar?

- Sí, estabas pasándolo bien y no quería molestar. Además necesito estar solo. - Soltó cuando me vio acercar una silla para acompañarlo.

Me quedé inmóvil pero seguía sin ni siquiera mirarme. Tomé la silla de nuevo y me senté a su lado.

- ¿Qué está pasando Uriel? ¿Qué he hecho mal?

- Has arriesgado demasiado. Tus órdenes eran permanecer fuera, nos has puesto a todos en peligro.

- Ya veo que piensas igual que ella. ¿Es solo eso o te arrepientes de algo?

- No sé si voy a poder con esta situación.

- Pues piénsatelo, piénsatelo bien porque estoy empezando a cansarme de tantas idas y venidas.

- Lo siento.

- No lo sientas, haz lo que tengas que hacer.

Sin más me marché, recogí mi chaqueta y subí al piso. Nada más llegar lancé el móvil contra el suelo haciendo que cada pieza se desplazase hacia un lado, me quité las botas y entré en la cama llorando. Estaba cansada de tantas dudas, me agotaba tanta inseguridad. Me puse mis cascos a todo volumen, necesitaba dormir y dejar de pensar, después de dos horas intentando dormir me cansé de estar en la cama y subí a la terraza.

Cuando subí volví a dirigirme al borde pero antes de llegar vi su silueta, di media vuelta con intención de marcharme, ya había tenido bastante por el momento. Cuando me vio salió a correr tras de mí hasta sujetarme.

- Eh, ¿dónde vas?

- Voy a casa, suéltame.

- He estado llamándote.

- El móvil se ha roto.

- ¿Estás enfadada conmigo?

- ¿Tú qué crees? - dije mientras me giraba.

- Joder, he tenido un mal día.

- Ya, el mío ha sido estupendo.

- Perdóname he pagado contigo mi cabreo. Me estaba volviendo loco cuando no bajabas, pensé que te había pasado algo.

- Deja de preocuparte por mí, sé cuidar de mí misma. Tus inseguridades me están volviendo loca.

- Lo siento.

- Una más y se acabó - dije mirándolo a los ojos - no soporto el no saber si te tengo o no, no puedo seguir así.

- No tendrás que preocuparte más - dijo mientras me abrazaba - lo siento. ¿Cómo puedo recompensarte? - dijo quitándole hierro al asunto.

- Por tu culpa no soy capaz de dormir, y discutir me da hambre. Llévame a cenar por ahí.

- Son las dos de la madrugada, ¿dónde vamos a encontrar algo abierto?

- Ese es tu problema.

Sonrió y sujetó mi mano, subimos al ascensor y sus labios volvieron a los míos. Salimos del bloque y cuando pasamos por el bar salían los chicos.

- Pequeña te he estado llamando.

- Lo siento el móvil se me ha caído y se ha estropeado.

- ¿Dónde vais? - dijo Gema.

- Vamos a cenar algo.

- ¿No estabas cansada? - dijo Marcos de forma borde.

- Marcos hemos salido de trabajar y no hemos tenido tiempo ni de comer, ¿necesitas alguna explicación más? - contestó Uriel sin dejarme hablar.

- Bueno chicos mañana nos vemos - dije intentando cortar la tensión que allí se estaba formando - ¿de acuerdo?

- Si, mañana nos vemos - dijo Gema amablemente - Vamos Marcos.

- No soporto al tal Marquitos.

- Te pasas mucho con él. Es buena gente.

- Demasiado bueno, está todo el rato tras de ti.

- Es solo un buen amigo, no seas tonto.

- Ya.

Continuamos el camino en busca de un restaurante que estuviera abierto pero fue imposible. Terminamos en su piso comiendo un sándwich que nos supo a gloria.

El mes siguiente fue todo relajado, salimos un par de veces más a misiones no muy complicadas. Pasábamos las mañanas trabajando y las noches, unidos en su cama. Este mes se encontraba solo porque Gabriel estaba trabajando fuera de la ciudad. Me contó que para él era más que un simple compañero, era su hermano, su admiración por él superaba los límites de la amistad. En unos días llegaría y estaba entusiasmado por presentarnos, y por fin llegó el momento.

Por la mañana entré en casa intentando no hacer ruido pero Gema ya estaba levantada.

- Duermes poco últimamente, ¿no? - dijo riéndose - hacéis demasiado ruido.

- Gema yo...

- No te preocupes, no soy tonta, sé que si lo mantenéis en secreto es por vuestro bien. Hacéis buena pareja.

- Ya, pues cuéntale eso a la organización.

- No te preocupes, todo saldrá bien.

- Eso espero, hoy los he invitado a comer, viene con Gabriel, su compañero de piso. Está como loco por presentármelo.

- A ver si es guapo y así tengo yo algo que ocultar.

Gema siempre estaba de buen humor y la verdad es que conseguía alegrarme, en este último mes se había hecho un gran hueco dentro de mi corazón, era genial y fiel, sabía que mi secreto estaba a salvo con ella. Me ayudó con la comida, estaba nerviosa porque todo saliera bien, cuando terminamos de colocar la mesa, sonó el timbre.

- Corre abre tú, yo llevo los vasos.

- Voy, voy.

Coloqué un poco mi pelo y cogí los vasos, cuando me di la vuelta tenía a Uriel tras de mí.

- Estás preciosa - dijo dándome un beso - vamos.

- Te puedes creer que estoy nerviosa...

- No te preocupes todo va a salir bien.

Cuando salí de la cocina Gabriel estaba dado la vuelta escuchando la charla que Gema le estaba soltando, sentí un dolor extraño en mi pecho cuando escuché su voz. Cuando se giró para conocerme me quedé inmóvil, los vasos estallaron entre mis manos.

- Estela, ¿estás sangrando? - dijo Uriel intentando sacar los vasos de mis manos.

- ¿Carlos? - dije sin poder creer lo que estaba viendo antes de caer al suelo.

La vida

La vida es así de sarcástica,
te devuelve lo que has perdido
y tanto te costó superar,
en el momento en que tu corazón
ha sido ocupado por el que crees
que es el amor de tu vida.
¿Cómo saber qué hacer?
Guiarte por el corazón,
no es una opción.
Uno te ha dado su vida,
él otro la felicidad.